香港巴士

1933 - 2012

陳自瑜著

責任編輯　李安
封面設計　陳曦成
協　　力　莊櫻妮　羅詠琳

系　　列　香港經典系列
書　　名　香港巴士（1933-2012）
著　　者　陳自瑜
出版發行　三聯書店（香港）有限公司
　　　　　香港北角英皇道 499 號北角工業大廈 20 樓
　　　　　Joint Publishing（H.K.）Co., Ltd.
　　　　　20/F., North Point Industrial Building,
　　　　　499 King's Road, North Point, Hong Kong
發　　行　香港聯合書刊物流有限公司
　　　　　香港新界大埔汀麗路 36 號 3 字樓
印　　刷　中華商務彩色印刷有限公司
　　　　　香港新界大埔汀麗路 36 號 14 字樓
版　　次　1999 年 2 月香港第一版第一次印刷
　　　　　2012 年 9 月香港增訂版第一次印刷
　　　　　2013 年 4 月香港增訂版第二次印刷
規　　格　大 32 開（140×200mm）136 面
國際書號　ISBN 978-962-04-3292-7

序 言

利用自己的興趣，放諸工作及職業之上，是每個人的理想，但能夠做到超卓的，實在不多。本書作者陳自瑜先生，早於八十年代便擅長撰寫各類汽車的推介及試車報告，後來在主編一著名汽車刊物時，更在書中首先引入巴士專欄，利用他對香港巴士的濃厚興趣及專業知識，介紹各款巴士，吸引眾多巴士迷讀者捧場。其後更陸續著作不少書本，介紹不同公司、廠商的巴士車隊，但是全面性敍述香港各類巴士的演變，本書實是首次嘗試。

由於香港專利巴士公司以往必須購買英國或英聯邦國家製造的巴士，所以搜尋以往行走車輛的歷史，並不容易，除了走訪本港各歷史資料庫外，還要遠赴歐英等地訪問各車廠，並與各廠商建立良好關係，對各款車型的設計及構造細節，掌握第一手資料，以作出獨立及快捷的報導。

作為「香港經典系列」一份子，本書清楚地利用表列方法，記錄香港巴士業界各重大里程碑，由一塊塊的砌圖，有系統地按年組成一幅全面性的圖畫，不失為日後一流的參考資料。書中首先詳細介紹了本港早期各巴士公司的雛型，與日戰後政府調派軍用貨車權充公共巴士，以應付百廢俱興的場面，有關圖片尤為珍貴。跟着兩巴不斷發展車隊及路線，但由於在商言商，政策較為穩重。直至 1975 年政府對兩巴取消專利稅，而引入利潤管制計劃，可賺取與資產淨值成正比例的合理利潤，鼓勵兩巴擴大投資，用以應付多條海底隧道開通後及新公路網啟用後的新客流。

陳先生在書中詳盡介紹各專營公司，多年來一直不斷試驗不同車款，擴充車隊，在各區添置廠房，以發展新路線，而公司資產亦日益龐大。直至千禧年代，本港軌道交通網絡漸趨完善，使增購巴士的需要備受質疑，運輸署亦開始限制購車只可作替代同數量舊車之用，避免增加無必要的資產。故此各專營公司在選購新車時，尤為謹慎，以符合長遠的需求。

在服務質素方面，可體現出近年來各公司都從環保引擎着眼，務求減低廢氣排放，另方面亦逐漸將車隊空調化，向其他亞熱帶城市看齊。而且配合政府要求，在車上提供乘載殘疾人士的設備。而新車除由外國供應外，亦有英國廠商開始委託國內承辦商，將原廠組件裝嵌。陳先生對歷年來香港巴士科技上的演變，都利用精湛的相片，一一在書中介紹，使讀者可作深入的了解。

黎守謙

黎守謙先生是香港巴士迷會副主席，在本地公共交通行業中有三十多年管理經驗。

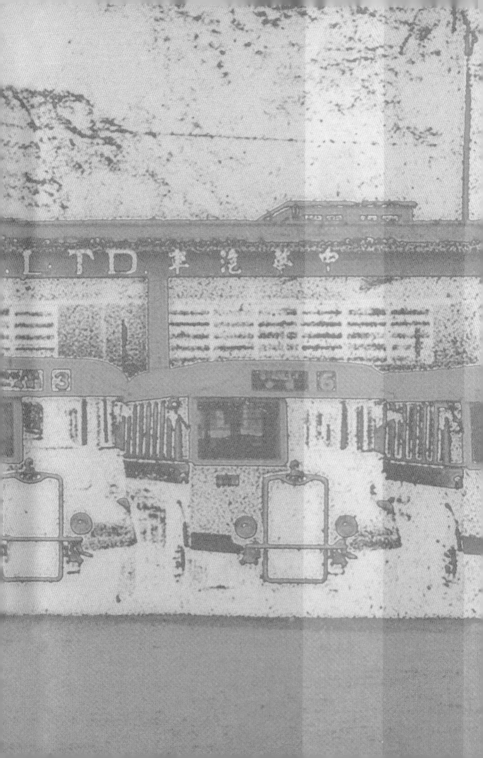

目 錄

在引入巴士以前，香港的陸上交通工具只有轎子、馬車、人力車、山頂纜車、電車、極少量的汽車、火車，以及運貨用的人力木頭單輪車和牛車，然而人們採用最多的還是步行一途。

直至上世紀二十年代，香港才有巴士和的士的出現，而巴士日後更發展為主要的公共交通工具之一，影響深遠。

CHAPTER ① 香港巴士萌芽期

1933 年以前

▲ 二十年代九龍區海旁的另一個角度，一艘大郵輪正停泊在九龍倉碼頭上（即今天的海港城及海運大廈）。圖中左下角是天星碼頭的入口，碼頭廣場上可看見多部九巴的「福特」（Ford）T 型巴士。

◀ 1921 年九龍半島的天星碼頭，遠處的黑煙是當時渡海小輪使用煤炭作燃料的結果。當時由九龍巴士公司經營的兩條巴士線之一，便是從這個碼頭出發，前往深水埗，亦即貫通九龍半島的南北交通。圖中的四輪車，便是九巴的「福特」T 型巴士，是從貨車改裝而來的，車上只有簡單的支架和座椅。

　　1921 年，位於港島的香港大酒店（Hong Kong and Shanghai Hotels Limited）率先擁有一支為數 8 部的巴士車隊，它除了每天接載住客往來中區與淺水灣的兩間酒店外，也為市民提供一定的方便。接着，香港電車公司（Hongkong Tramways Limited，1928 年）和香港仔街坊福利會（Aberdeen Kai Fong Association，1933 年）相繼加入競爭，分別行走市區各處，以及往來香港仔至中環之間。

　　至於九龍區，比較有規模的是九龍巴士公司（The Kowloon Motor Bus Co., Ltd.，1921 年）和中華巴士公司（The China Motor Bus Co., Ltd.，約 1925 年），它們主要行走油麻地至深水埗一段。此外，還有專門行走尖沙咀至啟德機場一帶的啟德巴士公司（The Kai Tack Motor Bus Co.，1923 年）。可是，在 1928 年，啟德巴士公司便被香港電車公司收購，當時，啟德共擁有 16 部英國「丹尼士」（Dennis）巴士。

　　最後，不說不知，二十年代開始，新界也有巴士公司的出現，它們大都採用貨車改裝的巴士，規模也相對小一些，例如專門行走元朗至上水之間的南興巴士公司（Nam Hing Bus Co.，1921 或 1922 年）、只在週日接載乘客到海灘的泉興巴士公司（Chun Hing Motor Bus and Co.）及成立於 1925 年的長美巴士公司（Cheung Mei Bus Co.）等。

表 01	巴士出現以前陸上交通工具一覽表	

名稱	最早出現年份	備註
轎子	古老的交通工具	■ 《漢書·嚴助傳》中提及是過山用的交通工具，一般有車蓋的稱轎子，沒有車蓋的稱山兜。
馬車	1841 年 10 月	■ 由馬尼拉運抵香港，未幾流行起來。當時華資馬車服務公司生意甚佳，有「觀音兜車」（有蓋馬車），「無篷馬車」及「金山大馬車」。
人力單輪手推車	19 世紀中	■ 運貨用。
牛車	19 世紀	■ 運貨用，曾被用作垃圾車。
人力車（又名黃包車）	1883 年在香港出現	■ 1870 年由日本人發明的交通工具。據 1917 年統計，香港人力車有 1,700 多輛。
山頂纜車	1888 年 5 月 30 日首次通車	■ 香港最早的機動公共交通工具。
電車（又名有軌電車）	1902 年電車公司成立，1904 年首次通車。	■ 本於 1883 年與纜車同時構思，後計劃遭擱置。
汽車	① 1907 年（據吳昊《香港老花鏡》，1907 年香港警察局年報已將車分為三類，即馬車、殯儀馬車和汽車。） ② 1908 年（據魯言《香港掌故》第二集，香港第一部汽車是從英國運抵，車主是牙醫羅福諾。） ③ 1910 年（據黎晉偉主編《香港百年史》，第一輛汽車車主為殷商朱某的少東。）	■ 據 1917 年的統計，汽車大約只有 100 部。
火車	1911 年九廣鐵路通車	■ 行走大埔、沙田等地至九龍之間。

▲ 1926：「利蘭」Lion LT1 單層巴士，全長 27 呎 6 吋，座位容量為 36 人。

▲ 獨輪木頭車。

▲ 人力車。

▲ 山兜。

▲ 牛車。

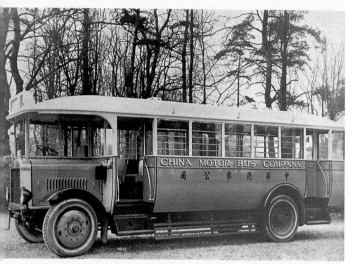

▲ 中華巴士在 1926 年向英國「利蘭」（Leyland）車廠訂購的 PLSC 獅子型單層巴士，配用 Vickers 車身，是一款非常具英國色彩的巴士。

| 表02 | 1933 年前香港巴士型號一覽 |

香港登記年份	型號	中巴	九巴
1921	古老的「福特」Ford T 型交通工具		●
1926	「利蘭」Leyland Lion PLSC	●	●

▶ 1931 年的香港島皇后大道中的景色，圖中的半駕駛艙式的巴士，是 Vulcan 的太子型，車上有 32 個座位，是香港大酒店從英國引進香港的。

1932 年 9 月，香港政府為了整頓日益重要的巴士服務，公開招標承辦專利巴士公司，首次批出專營權為期 15 年。結果，九龍巴士公司取得九龍及新界區的專營權，而原先在九龍區服務的中華巴士公司則獲得港島區的專營權。

CHAPTER ② 專營巴士的出現

1933 -1945

◀ 左圖：中華巴士的註冊商標。

◀ 右圖：九龍巴士的註冊商標。1992 年，九巴中文名改為九龍巴士（1933）有限公司。

　　1933 年是香港實施巴士專營權的年份，為此，兩家專利巴士公司重新整頓旗下的車隊，其中，中巴收購了原港島區香港大酒店、電車公司及香港仔街坊福利會的巴士，組成一隊擁有 59 部巴士的新車隊。而九龍也購入原啟德巴士公司的車輛，把車隊增至 106 部。

　　由於乘客需求日增，兩家巴士公司不斷擴充車隊數目，直至 1939 年（1939 年後因歐戰爆發，英國製造的巴士被禁止出境），九龍車隊已增至 140 部，而中巴數目亦增至 109 部。可是，這些得來不易的巴士卻在日本入侵香港（1941 年 12 月 25 日）後全數被充公。

　　車隊被充公後初期，即 1942 年 1 月 25 日至 9 月 30 日，兩家巴士公司連同的士及貨車公司合併為香港自動車運送會社（Hong Kong Motor Transport Co.），如無軍事需要時，巴士仍可作有限度的服務。但在 9 月 30 日後，巴士的發動機不是被用作啟動漁船，便是被運到中國或遺失掉，有時亦因缺乏汽油而被棄用。

　　由於巴士數量少，後來更時開時輟，供不應求，因此原始的交通工具如轎子、人力車甚受歡迎，而半機械化的腳踏車、三輪車，更成為天之驕子。

▲ 二十年代末期港島中區的大會堂門前，圖中可見當時頗為流行的黃金車。
請注意圖左下角的一部有 20 座位的英國 Vulcan 公爵型巴士，屬香港
大酒店所有。

中巴創辦人 —— 顏成坤
（1903 - 2001）

顏成坤，廣東潮陽人，自幼從商，早年曾致力救國工作。追隨孫總理有年，後以革命將屆成功，遂來港另圖發展。1923 年，顏成坤看到九龍區的交通事業尚未普及，為造福僑胞計，遂創辦中華汽車公司。至 1933 年，再取得港府專營權在香港島經營巴士服務，並於同年易名為香港中華汽車有限公司，顏被推為董事主席兼監理，從此與電車公司分道揚鑣。除兼任多所商業機構董事及顧問外，顏亦曾擔任潮州八邑商會會董、米業商會顧問、東華三院統一後首屆主席、南華體育會主席、英華男校及英華女校校董、中華基督教第六區主席以及華人後備警察財政委員等公職。最後因其對社會事務的貢獻，獲委為太平紳士。

九巴創辦人之一 —— 鄧肇堅
（1901 - 1986）

鄧肇堅，廣東南海人，乃殷商鄧志昂之子。其父曾在港開辦鄧天福銀號，與倫敦渣打銀行有來往。香港大學的鄧志昂中文學院就是其父捐助的。

鄧肇堅早年就讀皇仁書院和聖士提反男校，畢業後繼承父業，成鄧天福銀號司理。1927 年鄧肇堅出任保良局總理、1928 年任東華三院主席，翌年更被委任太平紳士，可說少年得志。1933 年，鄧肇堅與譚煥堂、雷亮、雷瑞德和林銘勳組織競投九龍巴士專營權，時年 32 歲。此後長期擔任九龍汽車（1933）有限公司主席。鄧氏一生熱心公益，長袖善舞，後獲頒授爵士銜。他亦曾兼任恒生銀行、友聯銀行、油蔴地小輪、美麗華酒店及新世界地產等多間大機構的董事職。

▲ 三十年代初的九龍尖沙咀碼頭，大鐘樓下面是九龍巴士總站。車頭朝左的，有一輛
九巴簇新的「利蘭」獅子型單層巴士，車頂張貼有途經區域的名稱，這個宣傳路線
的方法，今天仍被採用。至於車頭朝右的凸頭巴士，有 Thornycroft 及「丹尼士」
（Dennis）。總站月台上面的巴士路線編號，非常明確易辨。

▲ 三十年代中期的九龍天星碼頭廣場的巴士總站，3線並列的巴士，原來代表着 3 家不同的巴士公司，最左面是中華巴士，包括前面一部 20 座位的 Thornycroft，與及後面的「利蘭」獅子型。中間的行列是九巴的車隊，接近鏡頭位置的，是一部半駕駛艙式的 Thornycroft 的 Cygnet 型，行走 6 號線。它前面的一部，即打開了駕駛室車門的「利蘭」獅子型。最右面的行列，是啟德巴士公司的車輛，兩部都是「丹尼士」的產品。

◀ 1939 年的九龍區天星碼頭的情景，除了人力車外，九龍區的巴士服務已漸見雛形，圖中的九巴車隊，包括有「利蘭」、Thornycroft 和「丹尼士」等牌子的巴士。背景的山峰，便是香港島的太平山。

▲ 戰前皇后大道東一景。1941 年款式的英國
Thornycroft 出品的 CD4LW Cygnet 單
層巴士，中巴一共購入 15 輛，它的半駕
駛艙式車頭，引擎冷卻欄柵採用近似橢圓
形的設計，是為主要特色。

▶ 在戰前投入服務的「丹拿」COG5DD 型
單層巴士，攝於 1952 年左右，這是戰後
仍健在的 4 部同款巴士之一，其車身已於
戰後被重新安裝。

▲ 九龍區的公共交通服務在日軍佔領之下，在 1943 年漸次恢復，圖為 1943 年年初的香取通（即彌敦道），街上行走的是兩部九巴的「丹尼士」Lancet 型巴士。

◀ 左圖：香港日佔時期，「香港自動車運送會社」印發的 2 円 50 錢車票，以往來銅鑼灣與必打街之用。

◀ 右圖：日佔時期「香港自動車運送會社」印發的 80 円車票，以往來旺角至粉嶺之用。請注意車票上蓋有「暫作軍票 120 円 1946 年 8 月 13 日」字樣。

表03　1933 至 1939 年香港巴士型號一覽

香港登記年份	型號	中巴	九巴
1935	Thornycroft CD4LW (Cygnet)	●	●
1936—39	「丹拿」Daimler COG5DD	●	●
1937	Vulcan	●	
1937	「丹尼士」Dennis Lancet		●
1938	「丹尼士」Dennis ACE		●
1939	「丹尼士」Dennis Faloon		●

▶ 1940：Thornycroft CD4LW 型，全長 26 呎，載客量 48 人。

表04　專利巴士小檔案（1933-1945）

1932 年 9 月	■ 香港政府招標承辦專利巴士服務，以期結束港島、九龍和新界區分別由多家不同公司營辦巴士的局面。
1933 年 1 月 13 日	■ 香港政府公佈投標結果，並批出 15 年長的專利巴士經營權予中華巴士公司及九龍汽車有限公司，分別在香港島及九龍、新界地區營辦巴士服務，同年 6 月 11 日起生效。專利權的條款規定，營辦者必須購買英國製造的車輛，而巴士公司的董事及股東，都需要是英籍人士。
4 月 13 日	■ 九龍汽車（1933）有限公司正式成立，為全面接辦九龍及新界區的專利巴士服務作準備。
1934 — 41 年	■ 兩巴從英國引進多款不同的巴士來港行走，其中已包括「丹拿」（Daimler）COG5 型，不過由於當時路面環境尚未容許行走雙層巴士，所以新巴士只裝置了單層巴士的車身，在港島區走。 ■ 戰前巴士分頭、二等，前面幾排座位有硬墊者為頭等，車資一毫；二等座位為木製，車資 5 仙。
1941 年 12 月 25 日	■ 日軍進侵香港，港九兩地的巴士服務陷於癱瘓，部分巴士被日軍徵用作軍車用途。
1942 年 1 月 25 日	■ 日軍政府成立香港自動車運送會社，提供公共巴士服務，直至同年 9 月 30 日為止。

1945 年 8 月 15 日,日本無條件投降,戰爭結束,然而戰後的巴士服務並未立即恢復戰前水平。

CHAPTER ③ 戰後重組新車隊

1945 -1949

▲ 1948 年中巴購入 52 部 Tilling Stevens 的 K5LA7 型號長軸距巴士,車長 27 呎 6 吋,前後輪軸距 17 呎 3 吋。圖為正等候投入服務的部分車隊。

◀ 1947 年中巴一口氣向英國的 Tilling Stevens 公司訂購了 56 部 K5LA4 型號的短車軸巴士,並配置有「吉拿」(Gardner)5LW 柴油引擎,車長 25 呎,前後輪軸距離 14 呎。新車的車身是中巴自行設計的,採用木質的車窗窗框,車頂的路線牌箱是一幅過的。圖為上述巴士剛剛裝嵌完成,還未有裝上車牌號碼時攝。

　　最主要的原因是兩家巴士公司在戰時的損失慘重,巴士數量嚴重不足。經點算,戰後中巴只有 26 部巴士保持完好;而九巴則僅存 17 部巴士,其中只有 6 部仍然可以使用。

　　為了繼續提供服務,港英政府於戰後成立港九運輸服務(Hongkong and Kowloon Transport Service),留存下來的巴士行走九龍與港島兩地。1945 年 10 月,兩家巴士公司申請復業成功,開始積極向外尋找新車源。

　　由於訂製的新巴士未能立即交付,兩家巴士公司遂把貨車改裝成巴士使用。1947 年,中巴引進短陣和長陣版本的 Tilling Stevens 巴士(綽號白水箱),開始有計劃地擴展車隊的數目。而九巴方面,先後引進百福(Bedford)OB 型及 Tilling Stevens 長陣版本;1948 年底再引入香港的第一批雙層巴士,即「丹拿」(Daimler)CVG5 型,因車嘴全黑,故綽號「烏嘴狗」。

　　九巴的雙層巴士,基本上是沿着彌敦道這條主要幹線行走的。為了適應新巴士的行走,事前還要把路旁阻礙行走的樹木鋸掉,和把商舖的招牌升至 4.8 米的高度,確實大費周章。

表 05 | 戰後 5 年香港巴士型號一覽

香港登記年份	型號	中巴	九巴	備註
1945 — 46	「道濟」Dodge G5	●	●	
1946	「百福」Bedford OB	●	●	
1947	「福特」Ford (USA) School Bus	●		
1947	Tilling Stevens K5LA4	●		
1947 — 52	Tilling Stevens K5LA7	●	●	
1948	「金馬」Commer		●	
1949 — 57	「丹拿」Daimler CVG5		●	「丹拿」A、B 型

▲ 1948：「金馬」單層巴士，座位容量 25 人。

▲ 1949：「丹拿」CVG5 型雙層巴士，
全長 26 呎，載客量 61 人。

◀ 中巴的 4941 單層巴士是 Tilling Stevens 的 K5LA7
型號，在 1949 年 10 月 4 日首次登記，車頭水箱柵
格上，仍保留有原裝的「T」字標誌。車廂前面是頭
等，後面是二等。全車共有兩位售票員工作。

◀ 中巴的 Tilling Stevens 的 K5LA7 型的單層巴士，長
27 呎 6 吋，前後輪軸的距離是 17 呎 3 吋，在 1947
年投入服務時，是港島區最長的巴士，直到六十年
代中期，才陸續退役。

表06	專利巴士小檔案（1945-1949）

1945 年	9 月	■ 太平洋戰事結束之後，九巴接獲軍事委員會的通知，恢復公共巴士服務。當年九巴從界限街運動場接收日軍留下的 17 部巴士中，其中僅得 6 部可以行走。
	10 月 31 日	■ 戰後只餘 26 部巴士的中巴恢復行走，第一條路線是 5 號線，來往中區與銅鑼灣道之間。
1946 年		■ 為提供必要的公共巴士服務，兩巴一方面從海外訂購巴士來港。另一方面則借用部分軍隊的 3 噸重 Dodge 貨車，並將之改裝成巴士，暫時權充行走。
		■ 中巴增開 7 號線，從香港仔至中環。
		■ 九巴最先從軍方接收的巴士，包括了 30 部「百福」OB 型巴士，駕駛室設於引擎室之後，亦即是俗稱的「凸頭」巴士設計，與貨車十分相似。
		■ 巴士的車費高漲至戰前頭等（一毫）的兩倍。
1947 年		■ 中巴開辦 1 號線，從中區往跑馬地；另外又開闢 6A 線，從中區往赤柱。
		■ 兩巴繼續增購新巴士。其中，英國 Tilling Stevens 公司同時接到來自香港的新巴士訂單，包括中巴購買 108 輛，而九巴則購買 50 輛（其中 20 輛為雙層巴士）。新巴士都是戰後款式的半駕艙設計單層巴士，交貨期從 1948 年開始。
		■ 由於新巴士運送需時，此時的巴士仍由貨車底盤改裝。但票價比 1946 年有所下降，約為戰前的一倍左右。
1948 年		■ 香港政府宣佈延長兩家專利公司 10 年專營權。
	2 月 3 日	■ 中巴首部戰後版本的 Tilling Stevens「Express」K5LA4 短車軸新巴士投入服務，配用木質窗框，和中巴製造的車身。
		■ 其後，52 部長軸距版本的 Tilling Stevens K5LA7 亦於 1948 年至 1952 年間投入服務，這款巴士設有兩隻車門，車廂內部亦闢作頭等及二等。
		■ 至於九巴選用的 Tilling Stevens K5LA7 巴士，則只設一個等級，並有前、後人手拉閘式的車門，行走市區主要幹線。
1949 年		■ 九巴購入「金馬」（Commer）凸頭巴士，行走新界路線。新巴士普遍設有兩隻車門，方便居民出入及攜帶大件物件，例如鮮雞和鮮鴨等。
	4 月 17 日	■ 九巴訂購首批共 4 部雙層巴士——「丹拿」CVG5 型，正式投入服務，行走來往尖沙咀與九龍城之間的 1 號線。新巴士是十足十的英國式樣——26 呎長度、14 呎 6 吋高度和 7 呎 6 吋闊度，開放式的車尾登車口和設於車尾的登上 2 樓的樓梯等等。
		■ 雙層巴士在九巴車隊內，起到積極的作用，但車子的設計則有待改良，例如九巴後來增加了一隻前車門，並把車尾的開放式車門修改，成為一隻利用拉閘管制的車門，避免不必要的意外發生。

▲ 車牌編號 4227 的「百福」OB 型巴士來到尖沙咀，乘客正從前、後門下車，兩隻車門之間有 4 隻車窗，是九巴當年的車身設計款式。

▲ 九巴在戰後引進的巴士之中，最早購入的是這款英國百福（Bedford）的 OB 單層凸頭巴士，車長 25 呎，在 1946 年投入服務，大多行走於市區的主要幹線。圖中的 OB 單層巴士，則在新界區行走，比較少見。

▲ 九巴在 1949 年引進的首批「丹拿」CVG5 型雙層巴士，只設有一隻車門，而且是典型英國雙層巴士的平台式設計，附有一個拉閘。圖片攝於 1950 年，HK4007 正在尖沙咀梳士巴利道行走，背景是尖沙咀火車站的停車場及月台，服務 2 號線，往來尖沙咀與深水埗之間，全車以非常原裝的樣貌示人。這部巴士在九龍巴士的車隊內，服務逾 23 年，直到 1973 年才退役。

▲ 1948 年 12 月，九巴購進了 4 部雙層巴士的底盤，並同時引進英國車身的散件，在香港自行裝嵌車身。終於，這 4 部「丹拿」CVG5 型雙層巴士在 1949 年 4 月 17 日投入服務。新巴士全長 26 呎，只有一個尾門，頂層前面車窗，是採用較少見的上下推拉式。

◀ 五十年代初干諾道中近畢打街海旁一景，圖中兩部中巴巴士，前面是「百福」OB 型，尾隨的是剛投入服務不久的「白水箱」巴士。

踏入五十年代，
香港居民的數字迅速增加，
對公共交通服務的需求更為殷切。

▲ 1954年6月，5部全新的中巴「佳牌」亞拉伯4型巴士，
在中巴的北角車廠內，整裝待發。這批新巴士的車頂路線
指示牌及號碼牌，已各自分開，而各個牌箱則呈方角形狀。

CHAPTER ④ 巴士成為主要交通工具

1950 -1959

▲ 左圖：HK4201的「佳牌」亞拉伯4型巴士，是在1954年6月下旬投入服務的，新
車落地的時候，車尾未裝置有路線牌箱。一直到1959年之後，中巴才在巴士車尾設
置牌箱。HK4201服務了16年之後，在1971年初才功成退役。

▲ 中圖：「佳牌」亞拉伯4型單層巴士，全長25呎，裝置有「吉拿」5LW引擎，車身
是中巴自行製造的。這批新巴士，自1954年投入服務之後，大部分行走至七十年代
初期，才陸續退役。

▲ 右圖：HK4194是在1954年6月開始行走的「佳牌」亞拉伯4型巴士，木製支架及
窗框是其特色之一。

　　從1951年至1960年，兩家巴士公司的乘客量開創了歷來最大的升幅。據九巴的統
計數字，1960年總乘客量是3億7千5百萬人次，比1951年的1億7千5百萬人次，
上升了1倍多，平均每天載客量為1百萬餘人次。而車隊數目，也由1951年的350左右
躍升至1960年的600多部，其中雙層巴士所佔的比例日益重要，至1960年，幾乎與單
層巴士數目相等。

　　從五十年代開始，九巴和中巴的購車對象，也開始出現分道揚鑣的局面。九巴傾向於
英國的「丹拿」（Daimler）車廠，而中巴則屬意於「佳牌」（Guy），這種各走各路的購
車模式，一直延續至七十年代，直到這兩家大車廠先後被英國最大車廠——「利蘭」——全
面收購為止。

　　不過，無論是「丹拿」或「佳牌」的雙層巴士，都是選用同一的引擎——英國的「吉拿」
柴油引擎。同樣，九巴和中巴都是「丹拿」及「佳牌」的最大海外用家，亦寫下英國巴士
在香港市場的一段風光的歷史。

Ⓐ Tilling Stevens 的短陣車款
Ⓑ 兩部凸頭巴士是美國製造的「福特」學校巴士款式
Ⓒ 白色車頂、深色車身的是「道濟」工程車
Ⓓ 「百福」的 OB 型巴士
Ⓔ Tilling Stevens 的長陣車款

▲ 圖為 1953 年中區統一碼頭前面的巴士總站的中巴車隊。

表07	五十年代香港巴士型號一覽				

香港登記年份	型號	中巴	九巴	備註
1949 — 57	「丹拿」Daimler CVG5		●	「丹拿」A、B 型
1952	「金馬」Commer Superpoise MkII		●	
1952	「丹尼士」Dennis PAX		●	
1954 — 62	「佳牌」Guy Arab MkIV	●		
1954 — 61	「佳牌」Guy Arab UF	●		
1956	「百福」Bedford SBO		●	
1957	「薩頓」Seddon Mk17		●	

▲ 五十年代末的筲箕灣道，一部 Tilling Stevens K5LA7 型長陣巴士，正在巴士站接載乘客。

▲ 五十年代跑馬地的巴士總站，HK4167 是一部 1951 年投入服務的短車軸版本 Tilling Stevens K5LA4 型短陣巴士，右面是站長室的亭子。

▲ 金鐘道（原皇后大道東近大道中一段）的景色，一部人力車、一部 Tilling Stevens K5LA7 型單層巴士，是典型的五十年代街道特色。當時，人力車的收費是 5 毫至 7 毫，巴士則收 1 毫。直至 1968 年，人力車才正式被淘汰，香港政府宣佈停發人力車牌照。

▲ 這部「金馬」（Commer）的凸頭巴士，是五十年代九巴新界地區路線的主力，服務新界鄉民逾 15 年。圖中的巴士往來上水，服務路線是 15A。

▲ 九巴於 1952 年購入 30 架「丹尼士」Pax 凸頭巴士，投入九龍市區路線，這款巴士的設計特色，是引擎被安放於前車軸前，更顯其凸頭的特色。

▲ 中巴在五十年代中期開始，引進了共 100 部的「佳牌」亞拉伯 UF 型巴士。新巴士的主要特色，是引擎被放置於前、後車軸之間的位置，正好在車廂地台板之下。這些巴士全長 29 呎 10 吋，而且是 8 呎寬的巴士車身。整個車身由英國 Duple 供應，是全金屬的設計。「HK4223」是在 1956 年 9 月投入服務的，可載客 66 人。

▲ HK4223 的「佳牌」亞拉伯 UF 型巴士，在投入服務時，車尾也是沒有牌箱的。它的方向指示燈號以箭咀方式顯示，而停車燈號則設在下面的車牌位置之上。

▲ 另一部中巴的「佳牌」亞拉伯 UF 型巴士，途經皇后大道西，兩旁的商號名稱及招牌，有似曾相識的感覺。

▲ 這款「百福」SBO巴士，是九巴在1956年購入的，用以輔助市區幹線，車上可容乘客54人。

▲ 九巴在1957及1958年，從英國引進了100部「薩頓」（Seddon）MK17型單層巴士，行走市區路線。新巴士設有兩隻車門，車身由英國Metal Sections供應，以散件形式運抵香港之後，由九巴自行裝嵌。巴士可容乘客50人，包括座位37人及企位13人。這款巴士一直行走至1969至1970年期間，才陸續退役。

▲ 1952年加入九巴車隊的「金馬」Superpoise 2型凸頭巴士，載客量26人，正途經尖沙咀梳士巴利道。遠處的維多利亞港內，有一艘巨型航空母艦。

▲ 圖為經過改良後，1950年投入服務的「丹拿」CVG5型巴士，
已改為前、後共兩隻車門，並設有拉閘。車頭頂層的車窗，
也改作橫向的推拉式。

▲ 五十年代初的尖沙咀碼頭，總站上面已見越來越多的雙層巴士，它們都是「丹拿」CVG5型，成為九龍市區幹線的主力。

▲ 九巴的「丹拿」CVG5型巴士，跟其他單層巴士停泊在佐敦道碼頭巴士總站，攝於五十年代中。

▲ 半島酒店是九龍半島最受矚目的建築物，位處彌敦道與梳士巴利道交界。街道上是九巴的「丹拿」CVG5型雙層巴士，攝於五十年代中。

表 08 **專利巴士小檔案（1950-1959）**

1950 年		■ 九巴再訂 20 部單層及 30 部雙層「丹拿」CVG5 型新巴士，運送時間最早為 1951 年。
1952 年		■ 為取代一批行走於新界區的古老貨車形式的巴士，九巴購入 30 部「丹尼士」（Dennis）Pax 凸頭巴士。新巴士裝置有 Perkins 的 P6 引擎，能發出 41bhp 馬力，適合爬坡之用。
	9 月	■ 中巴引入學童月票制。
1954 年	6 月	■ 中巴購入 15 部「佳牌」（Guy）亞拉伯 4 型短車軸單層巴士，首批新車採用外露式冷卻水箱，配上「吉拿」5LW 引擎，可容 30 個座位乘客的車廂，是港島區路線的主力。亦由這款巴士開始，中巴與「佳牌」巴士製造商開始了緊密的合作關係。
	7 月	■ 九巴首先配上「伯明翰式」車嘴的「丹拿」CVG5 型雙層巴士投入服務，在外觀上有了較大的突破。
	11 月 24 日	■ 中巴首部「佳牌」亞拉伯 UF 型巴士投入行走。新巴士的特色，是引擎設於底盤的中間——位於車廂地台之下。而兩隻車門則分別設在前輪之前及尾輪之後。新巴士全長 29 呎 10 吋，可容乘客 66 人。
1955 年		■ 中巴首次引進全金屬的車身散件，然後將之安裝在全新的「佳牌」亞拉伯 4 型單層巴士底盤上。 ■ 新界實施短程收費制。
1956 年		■ 九巴購進 30 部「百福」（Bedford）SBO 單層巴士，以加強市區線的 Tilling Stevens 單層巴士的不足。這款巴士全長 27 呎 6 吋，可容納 54 位乘客。 ■ 中巴亦於同年訂購 82 部「佳牌」亞拉伯 4 型新巴士，仍是 14 呎 6 吋的短車軸款式。不同的地方，是新巴士採用了「伯明翰式」的水箱裝飾車嘴。其中的兩部，更是少見的旅遊巴士設計（車牌是 HK4217 和 HK4218）。這 80 部新巴士的交貨期，從 1957 年一直延伸至 1962 年。 ■ 中巴北角員工宿舍及康樂中心落成，可容 200 戶家庭（後增至 250 戶），內設大型餐廳、免費診所及康樂設施。
1957 年	1 月	■ 中巴新車站及辦公室完工。 ■ 九巴購入最大宗的單層巴士，一共 100 部「薩頓」（Seddon）17 型。全金屬的車身，由英國 Metal Sections 供應，並在香港由九巴裝嵌。圓角形的車窗和較低的車廂地台，在當時成為了九巴一款很漂亮的單層巴士。車廂可容 50 位乘客。 ■ 九巴在土瓜灣的總部及維修廠落成。
1958 年		■ 中巴在北角新總部及維修廠落成。 ■ 中巴及九巴同時獲准延長專營權至 1960 年，此乃臨時性延長，以便香港政府與巴士公司有更多時間商討細節。 ■ 九巴荔枝角廠落成。
1959 年	9 月	■ 九巴購入 70 部「丹拿」雙層巴士。
	10 月	■ 車身長度增加了一呎的「丹拿」CVG5 型雙層巴士，在九巴車隊中出現。這款新巴士被九巴編為「丹拿」B 型，以區別於在 1959 年之前服役的「丹拿」A 型。新巴士全部採用「曼徹斯特」（Manchester）的水箱裝飾，亦即是把車燈分別放在前輪輪蓋之上。
1959 年末		■ 中巴再訂購 45 部巴士。 ■ 九巴引進客貨兩用巴士，在新界區行走。

▶ 1959：「百福」OB 型單層巴士，車身全長 25 呎，座位容量 25 人。

六十年代，是香港社會發展的一個重要階段。緊隨着五十年代末期的人口迅速增長，巴士公司在六十年代初期積極尋找更大容量的巴士來港，務求提高載客能力。

CHAPTER ⑤ 巨型巴士陸續登場
1960 -1969

▲ 1963 年港島急庇利街巴士總站，包圍着這個總站的，盡是往來九龍及澳門的碼頭設施，這裡在入夜之後，更成為平民夜總會，是地方特色之一。總站上面有中華巴士 1、2、3 號線的車輛，九成以上是「佳牌」亞拉伯型，右前端是同廠 5 型雙層巴士。

◀ 上圖：中巴在 1963 年至 1968 年共引進了 106 部這款「佳牌」亞拉伯 5 型單層巴士，長度是 25 呎 1 吋，配用大馬力的「吉拿」6LX 引擎，行走陡斜的花園道，綽綽有餘，故有「水翼船」之稱。AD4561 在 1976 年初被加上頂層車廂，成為編號 LS37 的雙層巴士，仍舊是由一台「吉拿」6LX 引擎推動。

◀ 下圖：中巴在 1965 至 1967 年期間，先後引入 40 部這款有 35 呎 7 吋長的「佳牌」亞拉伯 5 型「長龍」型巴士，行走柴灣區路線。這款巴士以企位多而取勝，但其後卻發現車子本身實在不勝負荷，中巴遂把底盤減短至 18 呎 6 吋軸距，並重建為全長 31 呎的雙層巴士。

　　港島區的中巴，終於在六十年代初期引進了第一部雙層巴士，亦即是「丹尼士」的 Lo-line，其後更增購 30 呎長的「佳牌」亞拉伯 5 型雙層車，加強北岸幹線的服務。九巴也率先向英國購入 34 呎的 AEC Regent 5 型巨型雙層巴士，替九龍半島人口密度高的地區，提供足夠的服務。

　　1967 年期間，巴士服務曾一度受到影響。當時為了紓解市民對公共交通的需求，香港政府默許 9 座位的「新界的士」及客貨車到市區行駛。1969 年，9 座位增至 14 座位，從此「十四座」便成為公共小巴的別稱。這些小巴可隨意選擇路線接載乘客，只有在交通特別擁擠的路線，才會設立禁區，不許小巴行走或上落乘客。

表 09　六十年代香港巴士型號一覽

年份	型號	中巴	九巴	備註
1961	「福特」Ford Thames Trader		●	
1961	「亞比安」Albion Victor VT17AL		●	
1962	「丹尼士」Dennis Loline II	●		
1962	「丹拿」Daimler CVG6		●	「丹拿」C 型
1963	「亞比安」Albion Victor VT23L		●	
1963 — 66	AEC Regent V		●	
1963 — 67	「佳牌」Guy Arab V	●		單層巴士
1963 — 68	「佳牌」Guy Arab V	●		雙層巴士
1965	「亞比安」Albion Chieftain CH13AXL		●	
1967	「丹拿」Daimler CVG6		●	「丹拿」D 型
1969 — 72	「丹拿」Daimler CVG6		●	「丹拿」E、F 型

▶ 1963：「佳牌」亞拉伯 5 型單層巴士，
　車身全長 25 呎 1 吋，載客量 48 人。

▲ 「長龍」的高載客量正好勝任接載港島柴灣區路線的大
　量乘客，AH4077 在柴灣利眾街總站開出之前，已經滿
　座，路線號碼的牌箱拉上了「滿座」的牌布。

▲ AC4758 是中巴另一部「長龍」巴士，途經柴灣道，乘
　客魚貫地從尾門登車，在車廂內向固定座位的售票員購
　買車票後，從中門下車。這款巴士設有前、後車門，都
　採用寬閘門的設計。

◀ 中華巴士在 1962 年中引進了第一輛雙層巴士——英國「丹尼士」車廠製造的 Loline 3 型，這款巴士僅此一部，一直服務至 1977 年中才退役。

▲ 中巴大量購進的雙層巴士，是由「佳牌」供應的亞拉伯 5 型，配用 Metal Sections 30 呎長的車身。新車共有 115 部，投入服務的日期從 1963 年至 1967 年。AC4780 是在 1966 年 1 月 17 日在香港首次登記，配用「吉拿」6LW 引擎，車隊編號是 LW81。

▲ 九巴在 1963 年引入的單層巴士，傾向於英國「亞比安」的產品，這是「亞比安」Victor VT23L 型，全長 30 呎，可容 55 位乘客，主要用來行走市區至上水、元朗等路線。

▲ AD4546 駛過積水盈尺的摩頓台，正在服務港島北岸幹線 2 號線。車嘴上面的印第安人標誌，俗稱「紅番頭」，是「佳牌」亞拉伯 5 型的特徵，清晰可見。

▲ 葵涌石籬邨的對外公共交通，依賴單層巴士行走，皆因往返市區要越過上山的青山道。圖中的 HK4516 是「亞比安」Victor VT17AL，行走 16B 線。另一輛正在右轉的，是「薩頓」17 型。

▲ 六十年代的秀茂坪徙置大廈，容納了大量的居民，圖中的九巴「亞比安」Victor VT17AL 單層巴士，正在臨時巴士總站等候開出。攝於 1964 年。

◀ 九巴在 1961 至 1963 年購入了 10 部「福特」的 Thames Trader 單層巴士，行走調景嶺路線，全車可容乘客 34 人。

◀ 九巴於 1965 年購買 35 架超短陣，長度只有 24 呎 10 吋的「亞比安」Chieftain CH13AXL 巴士，服務新界區特別狹窄多彎的路線。到 1987 年夏天，只餘下少量行走調景嶺路線，最後亦被全新的「豐田」冷氣巴士取代。

▲ 九龍上海街一帶的街景,九龍巴士一輛「丹拿」CVG5 型巴士在縱橫交錯的巨幅廣告招牌下面駛過。

▲ 六十年代初期,九龍巴士的雙層巴士主力車款,包括有右面的「丹拿」A 型及左面的「丹拿」B 型(配有「曼徹斯特」型的水箱欄柵)。

▲ 1962 年的九龍佐敦道,交通警員在馬路中央的交通亭內指揮交通。

▲ 在尖沙咀的大鐘樓下面,「丹拿」C 型巴士是當時九龍市區最巨型的雙層巴士了。

▲ 英國「丹拿」車廠回應 AEC 替九巴製造 34 呎巨型巴士的事實,於 1967 年也依樣葫蘆地推出 34 呎的 CVG6 型巴士,九巴將之稱為「丹拿」D 型。

▲ 東九龍的牛頭角,新型的公共屋邨大廈正在興建,右下角是一個巴士總站,泊有「丹拿」CVG5 及 CVG6 型雙層巴士。攝於 1967 年年底,當時兩家巴士公司的服務只能恢復至暴動前的七成左右。

▲ 為應付大量增加的乘客量,九巴在 1963 年向英國 AEC 車廠訂購 210 部大容量的雙層巴士,是全長 34 呎 3 吋的 Regent 5 型,比諸英國本土使用的雙層巴士還要巨型,滿載時能夠輕動輌運載 120 人以上。

▲ 平日熱鬧的尖沙咀碼頭，在巴士工人罷工期間，空無一車。

▲ 1967年5月至7月期間，由九龍新蒲崗人造膠花廠勞資糾紛事件，演變成社會動盪，群眾上街示威，並前往港督府請願。

▲ 動盪期間，多個工會團體發動工人罷工，圖為巴士站的地上寫下的標語。

◄ 左圖：巴士工人在巴士車尾張貼大字報，呼籲釋放被捕工人。

◄ 右圖：1967年5月爆發的動亂及一連串的罷工行動（包括巴士司機），使巴士服務遭到嚴重影響，直至該年年底，仍未恢復正常運作。圖為被縱火焚燒的九巴 AEC Regent 5型雙層巴士。

▲ 新蒲崗彩虹道的巴士站，擠滿了候車的巴士乘客。排在最前端的是 34 呎長的 AEC Regent 5 型巴士。

▲ 九巴 3 號巴士甫一抵站，車門打開的一瞬間，乘客已急不及待地登車了。

▲ 六十年代的九巴巴士站上，乘客趕忙登車，那時候這款「丹拿」CVG5 型巴士，兩隻車門均可上車及下車，車上設有兩位售票員，各在上層及下層車廂工作。

▲ 巴士超載是六十年代常見的，九巴 AEC Regent 5 型巴士的寬闊尾門位置，可動輒容納逾十名的乘客，這裡也常是「扒手」活躍的地點。

▲ 1968 年的新蒲崗彩虹道巴士站，行走 6D 線的「丹拿」CVG5 型（「丹拿」B 型）巴士正在讓乘客登車，其半駕駛艙的引擎室揭蓋被打開一個小缺口，是當年的巴士車長讓引擎冷卻的一個人工辦法。

▲ 九巴的 AEC Regent 5 型巴士雖擁有大容量的設計，但眾多的候車乘客，仍嘆「搭車難」。圖中的新蒲崗巴士站上，可見六十年代常見的現象——大巴與 9 人「白牌車」共存，白牌車在前面等候乘客，後面的大巴擠滿了上車的乘客。

▲ 巴士開走了，惟有望車興嘆。行走 9 號線的是 AEC Regent 5 型，從車門後窗可見樓梯級也站滿了乘客。

表 10　專利巴士小檔案（1960-1969）

1960 年	2 月 15 日	■ 香港政府宣佈延長兩家專利巴士公司的專營權 15 年。同時香港巴士市區各線開始實施分段收費，郊區各線則減低票價。 ■ 九巴訂購 100 部「阿比安」勝利型單層巴士及 40 部「丹拿」雙層巴士。 ■ 中巴訂購 2 部 Prototype 雙層巴士及 10 部單層巴士，以行走港島南區及其他市郊地區。 ■ 首部雙層巴士在新界區行走。
1961 年		■ 為着替調景嶺路線提供服務，九巴訂購了 10 部「福特」（Ford）Thames Trader 中型巴士，可說是九巴車隊中的「少數民族」，這款巴士只設有中間一隻車門，車廂可容乘客 34 人。
	2 月 5 日	■ 九巴第一部「亞比安」（Albion）VT17AL 單層巴士取得行車牌照，正式投入行走，打開了九巴全面改善新界區巴士服務的第一步。九巴早於 1960 年 3 月試用第一部同款巴士，1962 年便多訂購 100 部。新巴士全長 29 呎 9 吋，前置的「利蘭」EO.350 引擎，配「利蘭」五前速手動波箱，車身則由英國鋁材公司供應。這個組合，基本上滿足了九巴新界路線用車的需求。尤其是往來元朗、上水、粉嶺及荃灣至市區的幹線上，「亞比安」都擔任了要角。
	4 月	■ 九巴上市，股本 3,135.16 萬元，分為 313.516 萬股，每股面值 10 元。上市時發行 78.379 萬股，發售價為 58 元。
	年末	■ 中巴訂購 20 部新巴士，其中 4 部雙層巴士，將在港島南區試驗性行走。
1962 年	1 月	■ 九巴的雙層巴士趨向更長、載客更多。首部來自 70 輛訂單的 30 呎長「丹拿」CVG6 型新巴士投入服務，成為九巴的「丹拿」C 車隊。新巴士裝上了馬力更大的「吉拿」6LW 引擎，載客容量也增加至 99 人，成為九龍半島上最大型的雙層巴士。
	年中	■ 中巴訂購 50 部新巴士，其中包括 30 部雙層巴士。中巴成為上市公司。
1963 年	1 月 22 日	■ 香港島第一部雙層巴士——中巴的「丹尼士」Loline 3 型投入服務。新巴士是一個全新的面孔，全長 30 呎，配上了英國 Northern Counties 車身，可容乘客 89 人。
	4 月	■ 中巴向「佳牌」再訂購 106 部亞拉伯 5 型短車軸單層巴士。新車足有 8 呎闊，裝有大馬力的「吉拿」6LX 引擎，馬力達 135bhp；另外還有新穎的半自動波箱。新車投入服務之後，迅速成為了半山區路線的新寵兒。 ■ 接着，中巴大量訂購的雙層巴士，仍是屬意於「佳牌」，這次是 30 呎長的「佳牌」亞拉伯 5 型，車身是英國 Metal Sections 供應。從 1963 年至 1967 年，中巴一共購入 115 部「佳牌」亞拉伯 5 型雙層巴士，另外，又在 1972 年增購多 10 部。 ■ 九巴向「亞比安」再購入 100 輛單層巴士，是「亞比安」VT23L 型。和 1961 年的同廠 VT17AL 型比較，這款新巴士配上 106bhp 馬力的「利蘭」EO370 引擎，足以把巴士帶上陸岫的荃錦公路，令巴士服務可以伸展至大帽山一帶。 ■ 九龍市區出現了歷來最巨型的雙層巴士——34 呎長的「AEC」Regent 5 型，也是九巴首次向 AEC 車廠訂購的新車。新巴士裝置有 AEC 的 AV690 引擎，容積有 11,300cc，配合半自動變速裝置，是九龍半島上別樹一幟的新巴士，綽號叫「大水牛」。九巴一共購入 210 部「AEC」的 Regent 5 型巴士，最後一批在 1966 年付運。 ■ 中巴在柴灣的新車廠動工。
1965 年		■ 兩款「之最」巴士，分別出現於兩車隊之內。
	5 月	■ 九巴購入 35 部短車軸的「亞比安」Chieftain 單層巴士，全面取代已有不短車齡的「丹尼士」、「金馬」和「福特」Thames 等等的凸頭巴士，行走較崎嶇的新界路線。新巴士的長度只有 24 呎 10 吋半，載客量 48 人。
	6 月	■ 中巴在一次暴風雨中損失頗重。
	7 月	■ 為應付柴灣區大量人口的遷入，中巴向「佳牌」車廠訂購 40 部特長版本亞拉伯 5 型單層巴士，全車長度有 35 呎 9 吋，故又被稱為「長龍」。車廂可容 29 位座位乘客和 50 位企位乘客。 ■ 九巴 3 層高修車廠落成，成為全世界首創的多層雙層巴士修車廠。
1967 年		■ 為滿足九巴購車的要求，及收復大型雙層巴士市場被「AEC」奪去的失地，英國「丹拿」車廠首次向九巴供應 20 輛長度有 34 呎 4 吋的 CVG6 型雙層巴士。全車的設計與「AEC」的 Regent 5 型相差不遠，只是引擎改用了「吉拿」的 6LX，載客量有 130 人。這是九巴購入的最後一款，樓梯設於車尾的雙層巴士。

8月2日	■ 中巴向「佳牌」車廠訂購 44 部亞拉伯 5 型中型雙層巴士，首兩部投入服務。新巴士全長 28 呎，特別用來行走途經斜坡、多彎角，而單層巴士又不足夠應付乘客量需求的路線，如當時往返香港仔與中區之間的 7 號線。
1968 年	■ 首部從短車軸「佳牌」亞拉伯 5 型單層巴士改裝而成的雙層巴士（車隊編號 S1），取得成功，中巴遂進一步把其他短車軸單層巴士，全部重建為雙層巴士。共有 49 部 S 型雙層巴士被重建成功。S1 和 S2 的車身源自全新的中型「佳牌」亞拉伯 5 型，其後中巴索性自行建造車身，把原單層巴士的車窗遷往上層，再在下層組裝新的車架及車窗。
1969 年	■ 九巴繼續增購 34 呎長的大型雙層巴士。由於 AEC 車廠已被「利蘭」（Leyland）收購，無復雙層巴士生產，所以訂單落入了「丹拿」的手中。在 1969 至 1972 年間，九巴共購入 200 部 34 呎長的「丹拿」CVG6 型巴士，這批新巴士一律把樓梯設於駕駛室之後，配合日後採用「一人售票」和「一人控制」模式的推行。

▲ 這部「柯士甸」（Austin）9 座位小型巴士，在新蒲崗巴士站前「搶客」，它的目的地是「旺角先施」。

▲ 1969 年 9 月 1 日起，公共小型巴士開始合法化，圖為同年 9 月 27 日的元朗警署門外，泊滿了合法化不久的公共小型巴士，為的是爭取合法的權益。

▲「石聯」是六十年代至七十年代行走石梨貝一帶的小巴營運公司，也是小型巴士合法化之前的雛型以專線形式存在的小巴路線，圖中是英國製「金馬」（Commer）小巴。

▲ 合法化初期的小型巴士，都是從昔日的「九人車」改裝而來，圖中的 AF8673，正是其中的一款日本製造「五十鈴」。

整個七十年代，香港巴士服務最
大的發展是推行一人控制巴士。
其次，是隧道巴士、第三家巴士
公司——大嶼山巴士公司以及專
線小巴的出現。

CHAPTER 6 巴士管理現代化

1970-1979

▲ 七十年代初從尖沙咀碼頭遠眺維多利亞港。兩部
九巴的「丹拿」CVG5型雙層巴士，已被改裝為
「一人售票」模式，車身前端被漆上3條黃線。

◀ 七十年代初交通繁忙的尖沙咀碼頭巴士總站，
所有的九巴雙層巴士保留著十分原裝的車身顏
色，正好是九巴推行一人售票前夕的寫照。圖
片中的九巴均設有售票員當值，右邊的AEC
巴士的車上共有3位售票員，而停泊於月台上
的「丹拿」CVG6型（「丹拿」C型）巴士，
則安排有兩位售票員工作。

　　1971年，中巴率先引進了一人控制巴士（One Man Operated，簡稱OMO）的管理
技術，方法是由司機兼「售票」之職，負責監督乘客登車時把車資（不設找贖）投入錢箱。
此舉不但大幅度節省巴士公司的經營成本，並因快捷便妥而終為大眾接受。1975年，中巴車
隊已有99%由一人控制。

　　至於九龍區，一人控制巴士則始於1972年九巴和中巴合作經營的隧道線，以配合同年海
底隧道通車。翌年，一人控制巴士更擴展至新界某些路線。可是，由於九巴的車隊最多，改
變管理模式需時較長。直至1982年3月，有關改革才全部完成。

　　1974年4月1日，香港政府又賦予新大嶼山巴士公司行走大嶼山的專利權。目的是為週
日及公眾假期到大嶼山的郊遊人士提供足夠的巴士服務。新大嶼山巴士公司成立於1973年
初，由原來在大嶼山服務的3家巴士公司：昂坪巴士有限公司、大澳公共巴士有限公司及聯
德巴士有限公司合併而成。

　　踏入七十年代，除了擁有專利權的公共巴士服務外，尚有為數3,784輛公共小巴（1970
年統計）提供服務（詳見第五章：巨型巴士陸續登場）。1972年，香港政府為了便於管理，
准許當時14座位的小巴商人申請經營「專線小巴」，由政府規定班次、車資及停車地點，並
提供保障其路線的措施。這些「專線小巴」主要行走不適合大型巴士行走或乘客稀少的地區。
1988年底，小巴的座位數目再增至目前的16座位。而小巴的數目自1976年5月起，一
直維持在4,350輛，未有發出新的牌照。

▲ 1978 年柴灣區的景色，伴襯着不同年代公共房屋的公共巴士，是中巴的「佳牌」亞拉伯 5 型及新近投入服務的「丹拿」珍寶巴士。另外，「日產」小巴也如常服務柴灣區。

◀ 1974 年的中環總站，除了清一色的雙層巴士之外，也說明了中巴的一人控制計劃已經接近完成的階段了。圖中所見除了 3 輛巴士外，其餘均是一人控制的巴士。

◀ 七十年代山頂「老襯亭」一帶的景色，1963 年開始引進的一輛中華巴士「佳牌」亞拉伯 5 型巴士正停泊在巴士總站月台上。這款巴士長度只有 25 呎 1 吋，卻裝置有大馬力的「吉拿」6LX 引擎，攀上太平山頂，毫不費力。

▲ 1970：「薩頓」Pennine 4 型，全長 32 呎，載客量 89 人。

▲ 1972：「丹拿」CVG6LX -34 型，全長 34 呎 4 吋，載客量 117 人。

▲ 1972：「佳牌」亞拉伯 5 型雙層巴士，全長 30 呎，載客量 93 人。

▲ 1973：「利蘭」Titan PD3/5 型，全長 30 呎 1 吋，載客量 99 人。

▲ 1973：「利蘭」Atlan-tean PDR1/1，長度 30 呎，載客量 90 人。

▲ 1973：「利蘭」Atlan-tean PDR1/1 型，長度 30 呎，載客量 89 人。

▲ 1973：AEC Regent 5 型雙層巴士，全長 30 呎 1 吋，載客量 89 人。

▲ 1977：「丹拿」Fleetline 型，全長 32 呎 11 吋，載客量 119 人。

▲ 1978：「都城嘉慕」Me-trobus 型，長度 9.7 米，載客量 95 人。

表 11　七十年代香港巴士型號一覽

英國製造年份	香港登記年份	型號	中巴	九巴	城巴	備註
	1969 — 72	「丹拿」Daimler CVG6		●		「丹拿」E、F 型
	1970 — 71	「亞比安」Albion Viking EVK41XL		●		
	1970 — 72	「薛頓」Seddon Pennine 4		●		
1956 — 58	1970 — 72	「佳牌」Guy Arab MkIV	●			雙層巴士
	1972	「佳牌」Guy Arab 5	●			
1958 — 62	1972 — 74	「利蘭」Leyland Titan PD3/4	●			
1961 — 62	1972 — 75	「利蘭」Leyland Titan PD3/5	●	●		
	1972 — 80	「丹拿」Daimler Fleetline	●	●		
1959 — 64	1973 — 74	AEC Regent V		●		
1963	1973	「丹拿」CCG6		●		
	1973	「利蘭」Atlantean PDR1/1	●	●		二手車
	1974	「薛頓」Seddon 236 midi	●			
	1974	「亞比安」Albion Viking EVK55CL Midibus	●			
	1974	Ashok Leyland Titan ALPD1/1	●			
	1975 — 76	「亞比安」Albion Viking EVK55OL Coach		●		豪華巴士
	1975	「百福」Bedford YRQ Coach		●		
	1975	MCW-Scania Metropoliton	●			
	1975 — 78	Ailsa Volvo	●		●	
	1976	「亞比安」Albion Viking EVK55CL/EVK41L		●		
	1976 — 83	「利蘭」Leyland Victory 2	●	●	●	新大嶼山巴士
	1977 — 80	「丹尼士」Dennis Jubilant	●	●		
	1978	「都城嘉慕」MCW Metrobus 9.7m	●			單門豪華巴士
	1978 — 79	「道濟」RG15				單層，新大嶼山巴士
	1979 — 80	MCW Metrobus 11.45m	●			
	1979 — 85	「丹尼士」Dennis Dominator	●	●		
	1979	「利蘭」Leyland Titan	●			

▲ 在一人控制的計劃之下,短車軸的「佳牌」亞拉伯 5 型單層巴士也不能例外,原設於中央的車門被改為前門,以方便司機監察乘客登車投幣的情況。這部 AH4090 在 1975 年 9 月被改作雙層巴士,編號 LS35。

▲ AH4004 在改為一人控制後不久,再被改建為雙層巴士,編號 LS54。

◀ 中華巴士自 1968 年起,陸續把單層「佳牌」亞拉伯 5 型巴士改裝為雙層,LS56 是中巴於 1974 年最後一部從單層改為雙層的 LS 型巴士,也是唯一服務至九十年代的 LS 型巴士,它的前身,是 1963 年 12 月落地的「佳牌」亞拉伯 5 型單層巴士。

▲ 在七十年代中巴求車若渴的情形下,購入的新車「佳牌」亞拉伯 5 型巴士正大派用場。LW54 採用了一人控制模式之後,行走 2 號線。這些雙層巴士長度有 30 呎,載客量是 93 人。

▲ MW9 是中巴從英國引進的 28 部二手巴士車款之一,是「佳牌」亞拉伯 4 型,在 1971 年 5 月初抵港,只設有尾門。MW9 在香港服務了大約 10 年之後,便告退役。

▲ 從英國購入的「利蘭」Titan PD3/4 型（長度 30 呎）二手巴士，在 1973 年年中抵埗時，曾一度紓緩了中巴隧道線車輛不足的壓力，但車上窄小的車窗及英國式毛絨座椅，卻不時受到乘客嘖有煩言。

▲ 中華巴士於 1974 年引進中型巴士，試圖在中區及半山區推出豪華巴士服務，吸引私家車車主改乘豪華巴士，BH106 是當時引入的「薩頓」236 型巴士，長度有 24 呎，容納 25 人座位及 9 人企位。這個計劃未有成功，這部巴士於 1985 年被轉售予別家公司。

▲ 1974 年 2 月投入服務的中巴 LF6「丹拿」珍寶巴士，一直服務至 1992 年 6 月才退役。

▲ 中華巴士在 1974 年購自印度的 Ashok「利蘭」Titan 型號巴士，原意是尋求更多的車源，但巴士試車效果未如理想，終在 1986 年被淘汰。

▲ AV1 在 1975 年投入中華巴士車隊時，其「亞歷山大」車身帶有強烈的蘇格蘭的神采，如三角形的路線牌。這款前置引擎設計的「富豪」Ailsa 巴士，獲得中巴的欣賞，其後更增購 33 呎 4 吋的加長版新車。

▲ 1975 年 11 月，中巴從英國購來 2 部設計新穎的 Metropolitan 雙層巴士（MS），它的設計獨特，包括有高低級擋風玻璃及設於尾車軸前的冷卻水箱，與及雄渾有力的引擎。MS1 在 1987 年退役。

▲ 另一部中巴豪華中型巴士，在 1975 年投入服務，是這輛「亞比安」Viking EVK55CL 型，長度是 25 呎，它的 Duple 車身款式，跟後來九巴使用的豪華巴士相似，只是短了及窄了而已。這部巴士在 1991 年退役，其後被收購及收藏起來。

▲ 1979 年中巴向「利蘭」購買這部 Titan 型雙層巴士，車廂是豪華巴士的配搭。Titan 本是英國本土規格的產品，出口往外國市場的，就只有中華巴士這一部而已。從 1992 年起，它已很少派出服務，直到 1995 年始退役。

▶ 1973 年由 3 家在大嶼山服務的巴士公司合併而成的新大嶼山巴士有限公司，在翌年 4 月 1 日被賦予專利經營權之後，曾先後於 1978 年及 1979 年引進這兩部「道濟」（Dodge）RG15 單層巴士，車身是在香港裝嵌的。

▶ 新大嶼山巴士公司在 1979 年底開始購入「利蘭」勝利 2 型雙層巴士。CR1545 在 1981 年投入服務，車身是在新加坡完成裝嵌的，其「亞歷山大」車身與九巴同一車型所選用的一致。

▲ 新大嶼山巴士公司標誌。

▲ 九巴在 1970 年從英國引進了 100 部「薩頓」Pennine 單層巴士，投入當時新增加的荃灣（市區）路線行走。新車投入服務時，車上仍有售票員工作。

▲ 九巴在 1975 年引進豪華巴士服務，保證每位乘客都有座位。這是「亞比安」Viking EVK55CL 型，配上 Duple 的 Dominant 2 型車身，十足十的英國客車模樣。車上設有高背座椅，除了冷氣之外，豪華巴士具備了其他應有的設備了。

▲ AR7710 是 33 呎 7 吋長的「利蘭」Viking EVK41XL 單層巴士，開到了九龍中部的大型公共屋邨——愛民邨，它的淡黃色車嘴，代表着它是採用一人控制模式，乘客必須在前門上車投幣，後門下車。

▲ 九巴豪華巴士版的「百福」YRQ 型巴士，配 Duple 的 Dominant 車身，引擎位於前、後車軸之間，於 1975 年投入服務時，行走機場路線，車頂不設目的地牌箱。

▲「薩頓」Pennine 型單層巴士服務 40 號線，從荃灣
碼頭開往觀塘碼頭，正途經石硤尾徙置區，圖中巴士
的原裝玻璃已被更換，損失了一點風采。

▲ 大嶼山昂平一帶的道路擴闊工程正在進行中，圖中的小型巴士是新大嶼山巴
　士公司往來昂平路線的主力，皆因登山的路段狹窄多彎，只有小型巴士才能
　勝任。

▲ 車頭被髹上 3 條黃線的「丹拿」CVG5 型巴士，停泊在九龍
石硤尾邨的巴士總站上，它的伯明翰式車嘴，仍被保留着。

◀「丹拿」CVG6 型（即「丹拿」E 型）是九巴在六十
年代末期至七十年代初期的主力，也是「丹拿」有感
於 AEC 的 Regent 5 型巴士奪走部分訂單之後，向
九巴提供的長陣巴士。「丹拿」E 型相繼為九巴展開
了一人售票及一人操作模式的成功樣板，更是 1972
年九巴投入過海隧道線的主力，替九巴立了大功。右
面 AEC 的 Regent 5 型巴士，車身的 3 條線條，標
誌着已採用一人售票的方式，售票員有固定位置，乘
客在前門登車，購票後，從後門下車。

◀ 記得首批 34 呎長的方角形車窗的「丹拿」
CVG6 型巴士投入服務之初，已成為往返慈
雲山最高點的 3C 線巴士的主力，肩負這個大
型屋邨對外交通的重任，圖中的 AD7286 被
改為一人控制之後，仍不失其效用。

表12	九巴購入「丹拿」前置引擎巴士年表			
年份	車型	類別	數量	備註
1949	CVG5	A	20	黑色車嘴，「吉拿」5LW 引擎。
1950	CVG5	A	50	
1951	CVG5	A	20	
	CVG5	A	10	
1952	CVG5	A	25	
1954	CVG5	A	40	「伯明翰」式車嘴
1956	CVG5	A	50	雙門車身
1959	CVG5	B	50	「曼徹斯特」式車嘴，車身全長 27 呎。
1960	CVG5	B	35	
1961	CVG5	B	25	
1962	CVG6-30	C	70	「吉拿」6LW 引擎，先選式波箱，30 呎長。
1967	CVG6LX-34	D	20	「吉拿」6LX 引擎，半自動波箱，車身全長 34 呎，軸距 21 呎 6 吋。
1969	CVG6LX-34	E	30	樓梯設於前門位置，方角形車窗。
	CVG6LX-30	F	20	
1970	CVG6LX-30	F	40	
1971	CVG6LX-34	E	40	圓角形車窗
	CVG6LX-30	F	65	
1972	CVG6LX-34	E	130	

◀ 非常富有特色的「丹拿」CVG5 型巴士（「丹拿」A 型），數十年如一日地在九龍半島行走，圖中於 1972 年在石硤尾邨出現的巴士，正行走 2D 路線，前往彩虹。

◀ 1976 年青衣島長青邨落成，九巴 HK4480「丹拿」CVG5 型巴士，以一人控制的面貌，服務初來埗到的新居民。

▲ 1970年9月14日颱風迫近香港，九龍佐敦道碼頭擠滿歸心似箭的乘客，
　趕及登上尾班渡輪回家去。碼頭的巴士總站泊有多款九巴的巴士，包括
　AEC 的 Regent 5 型、「丹拿」CVG6 型及單層巴士等。

▲ 1974年九龍彌敦道上一輛中巴的「利蘭」Atlantean（104號線）巴士，
正朝加士居道方向駛往港島。圖片上另有多輛九巴正在服務。

▲ 巴士專用線自1973年9月起在港九多處地方廣泛推行，
圖中的聯合道上，靠近行人道旁的行車線也被劃作巴士
專用線，兩部九巴的巴士正在專用線上行走。專用線的
設立，目的是提高公共巴士的效率，縮短行車時間及避
免不必要的擠塞。

▲ 1979年3月的屯門大興邨巴士總站，反映出這個剛落成
的屯門公共屋邨尚在建築階段。巴士總站上面的「亞比
安」單層巴士開往白角，而雙層的「丹拿」珍寶巴士則
直達市區。

表13 專利巴士小檔案（1970-1979）

| 1970 年 | 10 月 | ■ 九巴訂購的 50 部「利蘭」Viking EVK41XL 單層巴士，首 5 部投入了服務。新車長度有 33 呎 7 吋，較六十年代的「亞比安」巴士擁有較低的車身地台，載客量有 84 人，用來行走人口密度高，又不大適宜雙層巴士行走的路線。
■「利蘭」Viking EVK41XL 的使用效果雖然不弱，但車廠方面卻未能為九巴增加供應量，九巴只好另覓新的單層巴士車源。結果，新的單層巴士訂單，落入了「薩頓」的手中，九巴一共購入 100 部 Pennine 4 型，分別在 1970、1971、1972 年交貨。「薩頓」Pennine 4 型是一款十分獨特的單層巴士，全車在英國裝嵌，擁有弧度良好的首、尾擋風玻璃，和全玻璃纖維的車身頭幅及尾幅。可惜好景不常，新巴士未能完全適應本港的環境，成為了九巴歷史上車齡極短便需退役的巴士。 |

| 1971 年 | | ■ 面對乘客量不斷增加，而英國車廠又無法提供全新的雙層巴士車款，中巴遂採取兩個應變的辦法。其一是將單層巴士改作雙層，繼短車軸的改裝成功之後，中巴向長長的「長龍」下手，將原來 22 呎長的輪軸距離，減短至 18 呎 6 吋，然後再裝上雙層的車身，成為一部簇新的雙層巴士。
■ 第二個辦法是從英國購入二手巴士。從 1971 至 1974 年期間，中巴先後購入 17 部「佳牌」亞拉伯 4 型雙層巴士（MW）、11 部「佳牌」亞拉伯 4 型雙層巴士（LW）、76 部「利蘭」Titan PD3/4 巴士（PD）、12 部「利蘭」Atlantean PDR1/1 巴士（LA）、9 部「利蘭」Atlantean PDR1/1 巴士（HA）和 50 部「利蘭」Atlantean PDR1/1 Special 巴士（XA），以應燃眉之急。 |
| | 10 月 1 日 | ■ 九巴取消成人月票、享有免費乘車特權及大部分學生票之津貼。
■ 中巴在 35% 車隊中試行一人控制巴士，效果尚算令人滿意，並計劃在整個車隊推行。
■ 九巴亦試行在 34% 的車隊（大型雙層巴士）中採用一人售票模式，在巴士上面設立固定售票員位置，把售票員從原來的 2 位減至 1 位。 |

| 1972 年 | 1 月 | ■ 中巴一般性調整票價，調整後 73% 較前為高，23% 不變，3% 較前為低。
■ 中巴引進英國「丹拿」車廠推出的第一代後置引擎巴士——「丹拿」Fleetline，是一款 31 呎長的新巴士，採用矮車身，嘗試行山頂路線。 |
| | 8 月 5 日 | ■ 第一條連接九龍的海底隧道通車，兩巴合辦 3 條過海隧線：101、102 及 103，各派出近 70 輛巴士行走。全為一人控制，一律收費一元。
■ 由於隧巴的乘客量較預期為高，兩巴雖然不斷增加車輛，也不容易及時疏導。九巴以「丹拿」CVG6 型巴士為隧巴主力，而中巴則以二手巴士，配合「佳牌」亞拉伯 5 型雙層巴士，在載客容量上，略為遜色。 |

| 1973 年 | | ■ 在中巴引進二手英國巴士來港的同時，九巴為擴展新界區路線，在求車若渴的時候，也循這一條途徑來解決問題。九巴一共引進了 105 部二手雙層巴士，包括有前置引擎的「丹拿」CVG6、「AEC」的 Regent 5 型和「利蘭」Titan PD3/5，及後置引擎的「利蘭」Atlantean PDR1/1。九巴在車子投入服務之前，替每部巴士作了徹底翻新，以投入元朗及上水路線行走。可惜，翻新後的巴士的可靠性仍低，令巴士公司也束手無策。
■ 新大嶼山巴士（1973）有限公司成立，獲得專利經營大嶼山巴士服務，首共派出 41 輛巴士載客 175.3 萬人次。 |
| | 9 月 | ■「巴士專用線」首次在港島施行。 |

| 1973-75 年 | | ■ 為滿足山頂線的需要，中巴再於 1973 年至 1975 年期間，再從原來的單層「佳牌」亞拉伯 5 型短車軸單層巴士，重建多 56 部低車身版本的短車軸雙層巴士（車隊編號 LS），車身高度是 14 呎 2 吋，比標準版本矮了 5 吋。 |

| 1974 年 | 1 月 | ■「丹拿」車廠推出第一款 33 呎長的 Fleetline 珍寶巴士，對於兩巴等候新車已久的願望，這彷彿是一份遲來的禮物。中巴率先在 1974 年引進第一部，並立即投放隧道線使用。九巴也不甘後人，迅速購買，在 6 月份也放在隧道線上去。這款珍寶巴士採用後置引擎設計，可容乘客 120 多人。兩巴在 1974 至 1979 年之間，先後購入 305 部（中巴）和 440 多部（九巴）。 |

▲ 1973 年九巴為應付開辦新界區雙層巴士服務的需要，從英國引進逾百部二手雙層巴士，準備行走元朗及上水等路線。AD7468 是其中 70 多部的「利蘭」Atlantean 二手巴士之一，行走 50 號線，從九龍開往元朗。

▲ 九巴在 1974 年加入購買「丹拿」珍寶巴士的行列，應付隧道線乘客量急劇增加的需要。BG6401 甫一落地，便行走 102 線。從外觀上，中巴（LF1—30）及九巴使用的「丹拿」珍寶完全一樣，乘客只能從顏色及牌箱設計把兩者區分開來。

▲ D744 是 1975 年投入服務的「丹拿」珍寶巴士。

▲ 前面的「丹拿」E 型及後面的「丹拿」珍寶，都是九巴在七十年代的重要車款，曾立下不可磨滅的功勞。

1975 年	1 月	■ 九巴推出單層豪華巴士路線，以全新的「亞比安」Viking EVK55CL 客車行走。九巴又從英國引進配有冷氣設備的 Willowbrook「百福」豪華巴士，但試驗效果並不理想。
	9 月 1 日	■ 兩家專利巴士公司再獲政府續期 10 年，至 1985 年 8 月 31 日為止。惟期間須每兩年檢討一次。專利條款首次規定兩巴的盈利率，九巴為 16%，中巴為 15%，並首設發展基金，如果收益超出盈利率則撥入基金內，相反，可由基金中提取不足盈利部分，故又有平衡基金性質。此外，專利權開始以路線而不是地區分配專營權。
	11 月	■ 中巴引進第二代改良型號後置引擎巴士——MCW-Scania 的 Metropolitan（MS1 及 MS2）。新巴士設有中置的獨立冷卻水箱及全自動波箱。另外，中巴又引進另一款前置引擎巴士——「富豪」（Volvo）Ailsa（AV1），車上配有渦輪增壓引擎。中巴其後在 1976 至 1978 年再增購 7 部加長版本的新巴士（AV2 – AV8）。
		■ 九巴首創豪華巴士服務，保證每位乘客均有座位。
1976 年		■ 九巴購入 30 部「亞比安」Viking 的 EVK55CL 單層巴士，行走荃錦公路的 51 號線。新巴士較特別的地方，是整個車身都在香港設計和組裝，而材料都是在香港搜集。新巴士車身長度有 31 呎 5 吋，載客量是 61 人。另一方面，九巴有感於後置引擎的「丹拿」珍寶巴士的表現未如理想，更無法在有斜坡的路線上發揮作用，於是再次促請英國車廠另行製造前置引擎的雙層巴士。結果，「利蘭」從南非的車廠運來了 4 部前置引擎的勝利 J 型雙層巴士供九巴試用。經過連串的試驗，九巴認為勝利 J 型的適應性更強，於是車廠在英國重開生產線，並把機械配搭加以改良，換上配自動減速器的全自動波箱，終於換來九巴 540 多部新車訂單和中巴 160 多部的訂單。
	1 月	■ 九巴 30 年來首次提高票價。
	3 月	■ 中巴亦 30 年來首次大幅提高票價。
1977 年		■ 在「利蘭」向九巴推出勝利 2 型的時候，「丹尼士」也向九巴介紹一款前置引擎的喝采型（Jubilant）巴士，同樣獲得 360 多部新車訂單。中巴也購入 30 部喝采型新巴士。
1978 年		■ 中巴購入 12 部「都城嘉慕」（Metro Cammell-Weymann）的都城型 9.7 米豪華巴士，行走新開辦的南區豪華巴士路線。這批新巴士屬於第三代後置引擎巴士，把第一代珍寶巴士出現的問題一一解決，例如，新車把冷卻水箱設在車頭，改善引擎散熱效果，又例如它安裝了氣墊式懸掛系統，提高行車的平穩和舒適度。此外，新巴士又安裝了高背座椅，滿足長途旅程的需要。
1979 年	1 月	■「丹尼士」車廠向中巴推介其新一代後置引擎巴士——統治者型（Dominator）（DD1），新巴士長 33 呎 5 吋，裝有全自動變速系統。中巴其後在 1982 年購入了 6 部矮車身版本的統治者型，行走山頂路線。
		■ 由於「都城嘉慕」的豪華巴士行車效果理想，中巴增購 40 部加長車身的都城型巴士，全車長度有 11.45 米，即 37 呎 6 吋半，載客量高達 146 人。
		■ 中巴向「利蘭」購入一部單門版本的 Titan 巴士，以評估新巴士的性能，但直至這部巴士在 1996 年初退役為止，它仍是中巴車隊內的「孤家寡人」。事實上，這部配 Park Royal 車身的 Titan，是唯一一部出口的 Titan 巴士。
		■ 城巴有限公司成立，推出出租雙層巴士服務。

▲ 專線小巴在港九各區普遍存在,9M 線行走深水埗白
田邨,以舊款「實力」小巴行走。

▲ 公共小巴走向冷氣化的時候,專線小巴也未有落後於
形勢,DD6064 是最早被廣泛使用的「三菱」Rosa
冷氣小巴。

▲ DK1444 是冷氣化的「日產」Civilian 小巴,高高的
車頂是它的特色,而營運商更在車頂加裝線路號碼及
指示燈號。

八十年代是香港公共交通事業全面發展的時期，隨着地下鐵路各站（1979年首段通車後，1986年港島線亦全面通車）、電氣化火車（1983年全面通車）及新界西北輕便鐵路（1988年）的相繼通車，各巴士公司着實碰到新的挑戰。

▲ ML2 同樣是 12 米樣板巴士，特色是設有 3 隻車門。這輛 12 米三車軸巴士被安排在過海線 112 線服務，以疏導大量乘客。

CHAPTER 7

巴士面對新挑戰

1980 -1989

▲ 左圖：DL1 是「丹尼士」於 1982 年向中巴提供的首輛 12 米三車軸禿鷹型樣板巴士，載客量 171 人，新巴士投入服務之初，車身披上獨特的色彩。

▲ 中圖：英國「利蘭」在 1982 年向九巴獨家供應一輛 12 米奧林匹克型樣板巴士，裝配有 ECW 的矮身車身，樣貌與樹一幟。

▲ 右圖：1984 年，九巴試用一輛全新的「富豪」B10MD 新巴士，它的特色是引擎位於前、後車軸之間。九巴試用新巴士行走隧道線 101 線，但可惜巴士於 1988 年一次火警之中被焚燬後，未能被修復，此圖只能作為追憶。

其中最明顯的例子，是港島線全面通車後，中巴每年的載客量便逐年下降，即從 1985 年的 3.44 億人次，下降至 1997 年的 1.76 億人次（詳見外篇第八章：巴士載客量追蹤）。當然，城巴在 1991 年起加入港島專利巴士的行列，也是中巴載客量減少的原因之一。

為了應付新的競爭，各巴士公司不約而同地調整自己的角色及提高服務水平，例如陸續開辦接駁地鐵沿線的巴士路線、引入三軸大巴士以接載乘客和不斷增設新界各區巴士路線等。

與此同時，新的交通網絡，也為巴士服務提供一個商機。1989 年 9 月 21 日東區海底隧道通車便是一例。

雖然有軌集體運輸成功地疏導了大量乘客，但陸路客運仍佔所有公共交通乘客人數的三分之二，而在使用道路的乘客中，過半數乘客乘搭專利巴士。

表 14　八十年代香港巴士型號一覽

外國製造年份	香港登記年份	型號	中巴	九巴	城巴	九廣	備註
1970 — 74	1980 — 84	「丹拿」Daimler Fleetline DMS	●	●	●		雅高巴士
1968	1981	Bristol FLF			●		
	1981 — 85	「利蘭」Leyland Olympian	●	●			
	1981 — 88	MCW Metrobus 12m	●	●			
	1981	Ailsa Volvo 12m	●				
	1982 — 84	「丹尼士」Dennis Dominator	●	●			
	1982 — 86	「利蘭」Leyland Olympian 12m		●			
	1982 — 89	「丹尼士」Dennis Condor 12m	●				
	1982 — 89	「丹尼士」Dennis Dragon 12m		●			
	1983 — 85	「平治」Mercedes Benz O305		●			
	1983 — 87	「都城嘉慕」MCW Metrobus 9.7m		●			雙門版
1961 — 64	1984 — 85	AEC Routemaster			●		
	1984	「富豪」Volvo B10MD		●			
	1985	「利蘭」Leyland Olympian 12m Coach（空調）			●		
	1985 — 86	「丹尼士」Dennis Falcon		●			
1980	1986	「丹尼士」Dennis Dominator			●		
	1986 — 91	「利蘭」Leyland Olympian 11m	●	●			
1983	1987	「利蘭」Leyland Olympian			●		
	1987	「利蘭」Leyland Olympian 2-axle 11m（空調）			●		
1980	1987	「都城嘉慕」MCW Metrobus 9.7m			●	●	
	1986 — 90	「都城嘉慕」MCW Metrobus 11m		●			
	1986 — 91	「丹尼士」Dennis Dragon 11m		●			
	1986 — 89	「豐田」Toyota Coaster		●		●	
	1988	MCW Metrorider		●			

▲ 1983：「都城嘉慕」Metrobus 型，
全長 9.7 米，載客量 112 人。

▲ 1987：「都城嘉慕」Metrobus 型，
全長 9.7 米，載客量 109 人。

◀ 左圖：1980 年 2 月，地下鐵港島金鐘站通車，中巴遂開設多條地鐵接駁路線。剛購入的二手「丹拿」Fleetline（DMS）巴士正好趕及應用，XF7 帶著十分原裝的英國 Park Royal 車身，行走接駁路線 10M。

◀ 右圖：1982 年，中巴購入 6 部「丹尼士」統治者型巴士，配合較矮的「亞歷山大」車身，用來行走山頂路線，圖中的 SD3 正從山頂返回中環。

◀ 下圖：八十年代初期，中巴仍依賴大量前置引擎巴士，服務南區及東區幹線，其中，以「利蘭」勝利 2 型巴士為表者，這些巴士裝置有全自動變速箱及減速器，適合攀爬斜坡之用。

▲ 1981 年 4 月，英國「都城嘉慕」車廠在中區皇后碼頭前舉行 12 米超級都城型巴士移交儀式，兩巴巨頭雲集，圖右的九巴要員，有雷覺坤（右一）、安子介（右二）、鄧肇堅（右三）及胡百全（右四）。左邊是中巴首腦，包括有李日新（左四）、顏傑強（左五）及顏成坤（左六），各人均站於自己的巴士前面。請留意兩巴選取的車身設備各有不同，例如上層的車窗設計。

▲ 全港首輛 12 米三軸巴士於 1981 年年初運抵香港，是英國「都城嘉慕」交付中巴的新巴士（ML1），載客量是 170 人。

▲ 1988 年，中巴購買 2 部載客量 33 人的英國「都城嘉慕」Metrorider 空調巴士，新巴士附有全自動變速系統，但由於適應範圍較狹窄，未有被廣泛應用，至 1995 年退役。

▲ 3M1 是九巴於 1981 年 4 月接收的首部「都城嘉慕」12 米樣板巴士，但九巴前後只購 3 部同款新車，3M1 在 1995 年年底退役，改為一輛訓練巴士。

▲ 1983 年，九巴慶祝成立 50 週年，一輛「丹尼士」喝采型巴士，披上了「五十週年」的獨特標誌。跟「五十週年」標誌一同出現的，還有新穎的「九」字圖案。

▲ 1989 年東區海底隧道通車，過海隧道巴士線以 600 系列出現，606 線往來彩雲邨與柴灣小西灣之間，由中巴與九巴聯合經營。中巴派出「丹拿」珍寶巴士 LF30 服務。

▲ 八十年代初，被改裝車身，以迎合一人控制需要的九巴「丹拿」C 型巴士，擁有狹窄的前門及只許下車的闊落中門，在屯門大興邨行走。

▲ 1985 年，九巴推出機場冷氣巴士服務，由全新的「丹尼士」Falcon 豪華巴士行走，這是九巴首條空調巴士路線，車廂佈置豪華，並附有行李架及廣播系統。

▲ 從 1981 年至 1988 年間，中巴一共購入 84 輛 12 米「都城嘉慕」超級都城型巴士，這些大容量巴士，曾是中巴行走南區屋邨一帶路線的主力。

▲ 3N1 是「丹尼士」於 1982 年向九巴提供的首部三軸 12 米樣板巴士，配用了「亞歷山大」的車身，載客量有 151 人。

▲ 九巴於 1983 年首次採用德國「平治」O305 雙層巴士，再於 1985 年增購多 40 輛。這些新巴士都裝配亞歷山大車身，並髹上獨特色彩，十分突出。由於「平治」雙層巴士擁有較佳的爬坡性能，所以都被派出行走往返屯門公路的路線，圖中的 ME40 正從荃灣開往元朗。

表15 專利巴士小檔案（1980-1989）

1980 年	
	■ 正當倫敦有一大批「丹拿」珍寶巴士（DMS）退役之際，中巴及九巴聞風而至，先後向倫敦購入二手的 DMS 巴士。其中，中巴共購入了 206 部，一直行走到 1996 年。九巴則購入 100 部，但很快便退役。
	■ 九巴第一部冷氣雙層巴士——「丹尼士」的喝采型在英國製成，它利用獨立引擎去帶動冷氣系統，可惜在來港試行不久，即告失敗。雙層巴士恢復原來的樣子服務。翌年，九巴再接再厲，在一部「利蘭」勝利 2 型巴士再度試驗冷氣效果，但仍以失敗告終。
1981 年	■ 英國「利蘭」車廠推出第三代後置引擎雙層巴士——奧林匹克（Olympian），設計上日趨成熟，引起了香港兩大巴士公司九巴和中巴的注意，於是分別引進了 3 部及 2 部來港，作試驗性行走，以評估其性能。
	■ 九巴早於 1981 年年初購進 3 部「利蘭」奧林匹克，都是長度 10.2 米的版本，配上了 ECW 車身。行走初期，車身顏色採用全紅色，只保留車頂及車身裙腳邊緣是淡黃色，特別引人注意。
	■ 中巴在九月也引進了兩部奧林匹克，長度分別是 10 米及 10.28 米，也是配用 ECW 車身。
	■「利蘭」奧林匹克擁有第三代後置引擎巴士的特點，可靠性明顯較第一、第二代型號有所提高。九巴其後更增購為數不少的奧林匹克。而「利蘭」車廠亦應九巴的要求，設計一款 12 米長的三車軸奧林匹克，從此奠定了奧林匹克在香港巴士市場上的地位，一直響噹噹至九十年代。
5 月	■ 香港公共運輸歷史上的首兩部 12 米三車軸巴士——「都城嘉慕」的超級都城型巴士，運抵香港，分別交付買家中巴（ML1）和九巴（3M1）使用。
	■ 超級都城巴士是從同廠都城巴士發展而成，載客量接近 170 人。其後，中巴向「都城嘉慕」大量增購這款大容量的雙層巴士，投入隧道線行走。
12 月	■ 中巴訂購的第二部三軸巴士——兩部「富豪」Ailsa 12 米版本抵港。新巴士是從同廠的兩車軸 Ailsa 巴士發展而成，是唯一採用前置引擎、第二輪軸驅動的 12 米三車軸巴士。
1982 年 3 月	■ 另一家英國巴士製造商——「丹尼士」，分別向九巴及中巴推介其 12 米三車軸巴士，這是從其二軸巴士統治者型發展而成。九巴先購入 3 部樣板車行走，名字叫做巨龍（Dragon）。中巴從 5 月起接收兩部，名字叫做禿鷹（Condor）。中巴的第一部禿鷹（DL1），擁有較多的企位設計，全車可容乘客 171 人，是歷來載客量最高的雙層巴士。
	■ 經過試驗之後，九巴後來大量購入 12 米巨龍，而中巴亦在「都城嘉慕」車廠關門之後，在 1989 年至 1990 年，增購了 46 部新的禿鷹 12 米巴士。
4 月	■「利蘭」車廠向九巴推介第一部 12 米「利蘭」奧林匹克三車軸巴士，並讓九巴試用 3 個月。稍後，九巴不但把樣板車購入，而且大量訂購奧林匹克 12 米新巴士。
1983 年 6 月	■ 九巴試用第一部德國「平治」（Mercedes Benz）O305 雙層巴士。這是本港首部「平治」的雙層巴士，全車長度有 11 米，後置引擎，兩車軸設計，配上英國「亞歷山大」（Alexander）R 型車身。「平治」巴士曾在隧道線及屯門公路路線上行走。後來，九巴在 1984 年增購 40 部「平治」O305 巴士，全部用來服務往返屯門公路的路線。
	■ 由於各英國廠家已成功推出第三代後置引擎巴士，九巴亦分別訂購來港，分別是「都城嘉慕」的都城型、「利蘭」奧林匹克和「丹尼士」統治者型。
1984 年 7 月	■「富豪」車廠向九巴推介第一部引擎設於車身中間的雙層巴士——「富豪」B10MD。這款巴士在英國市場受到歡迎，但在九巴車隊試用期間，不幸在 1988 年 2 月失火，巴士底盤後來被運返英國。
1985 年	■ 城巴銳意推廣過境巴士服務，從英國引進 4 部 12 米冷氣雙層巴士來港，投入香港深圳線使用，這也是第一款在香港出現的三車軸 12 米冷氣雙層巴士。
	■ 此外，城巴亦派出兩部英國「AEC」的 Routemaster 巴士，從香港直駛北京，向當地推廣雙層巴士，這兩部巴士曾加入廣州第二汽車公司及深圳市汽車公司作試用。兩部巴士後來返回香港，並被改裝為開篷巴士，成為了城巴車隊中的 1 號車及 2 號車。
10 月	■ 九巴全冷氣巴士線——機場豪華巴士路線投入服務，19 部「丹尼士」獵鷹型（Falcon）冷氣巴士在香港裝嵌完成，行走機場 200 及 201 路線，全面提高了機場巴士線的服務質素。
1986 年	■ 12 米三車軸雙層巴士在香港廣泛被採用之後，其特大容量在高載客量路線上，起到了積極的作用，但在某些街道不太寬闊的路線上，卻無法發揮其功能。九巴有見及此，便向車廠要求改良 12 米版本，探討其 11 米的可行性。結果，「利蘭」先作出了回應。1986 年向九巴推出第一部 11 米三軸奧林匹克。其後，「都城嘉慕」、「丹尼士」亦分別向九巴推介 11 米三車軸版本。
	■ 政府宣佈九巴專利權獲延長至 1995 年 8 月 31 日，中巴則獲延長至 1989 年 8 月 31 日，而新大嶼山巴士則延長至 1991 年 3 月 31 日。

1987 年	9 月	■ 行走調景嶺的「亞比安」單層巴士，由於車齡日高，缺乏繼續行走的能耐，九巴終於找到了繼任車輛——日本「豐田」（Toyota）Coaster 24 座位冷氣巴士。這是九巴首次採用的日本巴士，由於它適合行走安達臣道陡斜多彎的路面，所以能夠完全勝任原來「亞比安」擔任的任務。其後，九巴增購更多「豐田」冷氣巴士，行走市區及機場的路線。 ■ 九廣鐵路公司成立巴士部門。
1988 年		■ 在九龍區的「豐田」冷氣巴士取得成功的時候，中巴向英國購入兩部「都城嘉慕」Metrorider 33 座位的中型冷氣巴士來港，以測試其性能。 ■ 九巴亦於同年引進了兩部「都城嘉慕」Metrorider 冷氣巴士。
	5 月	■ 九巴推出第一部 11 米三車軸冷氣雙層巴士——「利蘭」奧林匹克型，作試驗性行走。這款巴士首次採用日本 Nippondenso 冷氣系統，利用主引擎直接驅動，打開了三車軸冷氣巴士設計的大門。由於試驗效果滿意，九巴後來大量增購，而這款冷氣巴士，亦見於全港各主要專利巴士的車隊之內。
1989 年		■ 中巴專利權獲延至 1993 年 8 月 31 日。

▲ 城巴於 1979 年成立，首部購入的車輛，是曾在曇谷行走的「富豪」Ailsa 前置引擎雙層巴士，城巴將之作出租服務。

▲ 城巴在八十年代銳意開拓往返深圳的過境巴士服務，並於 1985 年從英國引進多輛 12 米三軸雙層豪華巴士來港，為過境巴士線提供豪華服務，C104 是其中之一。這些新巴士設有空調車廂及豪華高背座椅。

▲ 當九巴尚在試用首輛「利蘭」奧林匹克空調巴士之餘，城巴已大量訂購同款空調巴士。106 是在 1989 年 6 月投入服務的首輛 11 米「利蘭」奧林匹克空調巴士。

▲ 八十年代初期，當新一代後置引擎巴士尚未發展成熟時，前置引擎的「利蘭」勝利 2 型巴士，成為了九巴選購新車時的首選。

▲ 九巴採用了三軸 12 米長的巴士之後，有感於操控性能不足以應付大部分的路線，遂要求製造商供應 11 米版本，「利蘭」是於 1986 年第一個滿足九巴要求的廠家。直到九十年代初，這些 11 米三軸巴士，已成為九巴買車的一個標準規格。

▲ 新大嶼山巴士（1973）有限公司先後於 1980 年至 1991 年間，購入 15 部「利蘭」勝利 2 型雙層巴士，這些巴士活躍於嶼南道，往返貝澳、長沙及梅窩一帶，並於 1993 年至 1994 年間退役。其中的 10 部，於 1993 年 8 月轉售予城巴。

從巴士發展的歷史而言，九十年代是香港公共巴士服務全面優質化的時期。除了大規模引入空調巴士、新型號巴士及低地台巴士以增加車隊的數目外，也不斷更替舊巴士。從此，輪候及乘搭巴士已不再是苦差，而是舒適的享受。

CHAPTER 8 巴士服務優質化
1990 -1998

▲ 1997 年 6 月 16 日，九巴首度展示全港第一部雙層低地台巴士——「丹尼士」三叉戟型，並將之命名為「新紀元巴士」，寫下香港低地台雙層巴士的歷史新頁。車身的人像剪影表示，低地台巴士方便殘疾人士及嬰兒手推車登車。

◀ 上圖：2500 是城巴向德國「猛獅」購入的雙層巴士，配合澳洲 Volgran 組裝的車身，當它在 1997 年 12 月投入服務時，在在令人有眼前一亮的感覺。

◀ 下圖：新世界第一巴士服務有限公司在 1998 年 9 月 1 日投入服務，帶來全新面貌的低地台空調新巴士，1022 是配用「亞歷山大」車身的「丹尼士」三叉戟。

　　上述質素及效率的全面提高，正是業內激烈競爭下的結果。它更導致了新專利巴士公司的出現，使維持了 60 多年的局面為之改變。

　　成立於 1979 年的城巴，一直是以經營非專利巴士線為生的，直至 1991 年，它才成功取得第一條專利巴士路線的經營權。接着，先後於 1993、1995 及 1998 年接辦幾十條原中華巴士的專利路線；加上投得新機場多條路線，遂於 1998 年 9 月成為全港第二大專利巴士公司。

　　此消彼長之下，中華巴士在 1998 年 9 月 1 日全面喪失專營權，結束了長達 65 年的專利巴士角色。新世界第一巴士服務有限公司成功打敗其他對手，獲得原中巴的 88 條巴士線的營運權，為期 3 年，一躍而成為全港第三大專利巴士公司。

外國製造年份	香港登記年份	型號	中巴	九巴	城巴	九廣鐵路	備註
	1990	「丹尼士」Dennis Condor 11m	●				
	1990	Norinco Neoplan BN316			●		
	1990 — 92	「三菱」Mitsubishi Fuso MK		●		●	
	1989 — 93	「利蘭」Leyland Olympian 11m（空調）	●	●	●	●	
	1990 — 95	「富豪」B10M		●	●	●	
	1990 — 91	「丹尼士」Dennis Condor 11m（空調）	●				
	1990 — 95	「丹尼士」Dennis Dart	●	●	●	●	
	1990 — 97	「丹尼士」Dennis Condor 11m（空調）		●			
	1992 — 93	「利蘭」Leyland Olympian 10.4m（空調）		●			
	1992 — 93	「利蘭」Leyland Olympian 12m（空調）		●			
	1992	「三菱」Mitsubishi Fuso MP	●	●	●		
	1993	「丹尼士」Dennis Lance		●			
	1993 — 98	「丹尼士」Dennis Dragon 10m（空調）		●			
	1993 — 98	「丹尼士」Dennis Dragon 12m（空調）		●			
	1993 — 96	「世冠」Scania N113		●			
1979	1993 — 94	「利蘭」Leyland Atlantean AN68		●			
	1993 — 94	「富豪」Volvo Olympian 10.3m（空調）		●			
	1994	「富豪」Volvo Olympian 11m		●			
	1994 — 98	「富豪」Volvo Olympian 11m（空調）	●	●	●	●	
	1993 — 98	「富豪」Volvo Olympian 12m（空調）		●	●		
	1995	「富豪」Volvo B6R		●			
	1996	「富豪」Volvo B12		●			
	1996 — 97	「富豪」Volvo B6LE		●			
	1997 — 98	「丹尼士」Dennis Dart SLF		●	●		新世界第一巴士
	1997 —	「丹尼士」Dennis Trident		●	●		新世界第一巴士及龍運巴士
	1998 —	Neoplan Centroliner		●			

▲ 中華巴士在 1990 年 7 月接收首批「丹尼士」禿鷹型空調巴士，開辦首條空調巴士線 537 線，往來置富花園與金鐘之間，開始了九十年代跟城巴正面交鋒的戰線。請注意車身的色彩，乃演繹自其豪華巴士的基本色調，直到 1993 年年初，才由全白色襯以藍色邊的標準設計所取代。

▲ 1991 年中巴向「利蘭」車廠招手，購買了合共 5 部的空調版本的奧林匹克新車，LA4 在投入服務之初，迅速地實現了來往華富邨的 504 號線的空調化。

▲ 中巴在 1997 年底至 1998 年初繼續接收新巴士，VA54 是簇新的「富豪」奧林匹克空調巴士，帶有全新規格的「亞歷山大」車身。從 1998 年 9 月 1 日起，這部巴士已投入新世界第一巴士的旗下。

▲ 中華巴士在 1995 年 9 月 17 日實現了開辦
機場路線 A20 線的計劃，8 部配以 Carlyle
車身的「丹尼士」飛鏢型巴士全數投入營
運，直到啟德機場在 1997 年 6 月 30 日關
門為止。

▲ 中華巴士把退役自機場路線的「丹尼士」
飛鏢型巴士，髹上獨特的銀色車身，過渡
至普通巴士線。在中華巴士 1998 年 9 月 1
日起退出專利巴士行列的時候，這些配以
Carlyle 車身的「丹尼士」飛鏢型巴士，仍未
被出售，依舊屬於中華巴士公司所有。

▲ 1997 年 3 月，九龍巴士與深圳一機構合資
成立藝東有限公司，營辦落馬州至皇崗的過
境穿梭巴士，由 10 輛「丹尼士」飛鏢型巴
士組成的車隊，投入服務。

▲ 龍運巴士是九巴的全資附屬公司，擁有在北大嶼山及新界營辦
往來新機場服務的專營權。首條路線在 1997 年 6 月投入服務，
以配合東涌新市鎮居民的遷入。圖為全新的 12 米「富豪」奧林
匹克空調巴士，往來與荃灣碼頭之間。

▲ 1997 年 7 月，全球最巨型的德國 Neoplan Megashuttle 巴
士來港，引起哄動。新巴士全長 15 米，有 4 條車軸，載客量達
170 人。

▲ 為配合赤鱲角新機場在 1998 年 7 月 6 日啟用，龍運巴士的接駁巴士線率先投入服務，圖中的 S64 線往來赤鱲角碼頭與機場客運大樓之間。

▲ 大欖隧道在 1998 年 5 月 25 日通車，令整條三號幹線全面啟用，多條巴士線改走新幹線，令新界西北區交通大為改善。

▲ 矗立於大嶼山昂坪的天壇大佛，自 1993 年年底開光之後，已成為聞名遐邇的地方，一部新大嶼山巴士（1973）有限公司的「五十鈴」空調巴士，正駛抵昂坪總站。

▲ 1991 年，城巴奪得首條港島區專利巴士線 12A，從此改寫了城巴在香港公共交通史上的位置。城巴成為專利巴士公司之後，可以享受專利巴士公司的好處，例如購買新巴士免稅、享用免稅柴油、可申請調整票價及申辦其他專利巴士線等等。

▲ 1995 年，九廣鐵路公司購買了 3 輛「丹尼士」飛鏢型巴士，它們都配用 Northern Counties 車身，專門行走輕便鐵路服務區域。

▲ 九廣鐵路公司在 1998 年繼續擴充其冷氣巴士車隊，編號 233 是 1998年投入服務的「富豪」奧林匹克型，帶有全新的車隊色彩。

▲ 冠忠巴士集團在 1996 年成功成為上市公司，旗下業務除大嶼山的專利巴士服務及遊覽車之外，尚包括這條接收自捷達巴士的屋邨巴士線，以「五十鈴」旅遊巴士行走。

▲ 除專利巴士線外，城巴繼續維持其非專利的巴士服務，這幾部開篷雙層巴士，便是城巴提供作出租用途的車輛。

▲ 1993 年 9 月 1 日是城巴的大日子，這天它接辦來自中巴的 26 條專利巴士線，包括極有歷史意義及象徵意義的 1 號線在內。編號 205 是城巴首輛 10.4 米的「利蘭」奧林匹克空調巴士，特短的車身便利往來狹窄多彎的港島南區。

▲ 為配合 1993 年 9 月 1 日接收專利巴士線的需要，城巴在 1992 年向新加坡巴士有限公司購入退役的「利蘭」Atlantean 巴士，然後在本港重建車身，圖中的 600 是重建車身後的樣子，以全新的面貌來到1993 年年初的「巴士大集會」的會場。

▲ 245 和 703 都是城巴為提供南區專利巴士服務而購入的全新空調巴士，前者是「富豪」奧林匹克，後者是「丹尼士」巨龍，兩車的長度都是 10 米，方便來往赤柱一帶。

▲ 新世界第一巴士也同時引入前所未見的英國 Plaxton 的 Pointer 2 型車身，應用在「丹尼士」飛鏢型SLF 低地台單層巴士上。

▲ 新世界第一巴士向中華巴士購入了199 部空調巴士，準備將之長期使用，並迅速將之髹以全新的標準新巴色彩，務求把新巴形象，盡快帶到港九各處。

▲ 城巴在 1996 年獲批得北大嶼山新機場路線的專營權，率先訂購低地台版「丹尼士」二叉戟雙層巴士。車廂下層設有行李架。圖為配有不同車身的「丹尼士」三叉戟雙層巴士，由上至下，車身分別為 Duple Metsec，「亞歷山大」及髹上黃、紅、深紅三色相間的 Duple Metsec（被命名為「城巴機場快線 Cityflyer」）。

▲ 圖為披上一身新巴顏色的「丹尼士」飛鏢型巴士 DC2，駛到了寶馬山。

◄ 運輸署批出西區海底隧道巴士線時，分別按申請經營者的意願而批出新線，各巴士公司各得其所，而且是獨家經營，960 線由九巴經營，往來屯門與灣仔碼頭，全空調巴士行走。

◄ 城巴亦營辦多條西區海底隧道線，969 線從天水圍開往銅鑼灣。

表 17　專利巴士小檔案（1990-1998）

1990 年		■ 為應付多個私人屋邨的落成，九巴為這些居民提供冷氣巴士服務，引進了「三菱」（Mitsubishi）MK35 座位冷氣巴士，又同時向另一家巴士公司租用冷氣單層巴士。此外，英國「丹尼士」車廠亦分別向九巴推介雙層 11 米的巨龍冷氣巴士及單層的「飛鏢型」（Dart）中型冷氣單層巴士，這兩款巴士後來都取得滿意的試用效果，而成為香港主要被採用的冷氣巴士車款。
1991 年		■ 日本「三菱」車廠嘗試進一步進入本港專利巴士的冷氣巴士市場，運來一部 46 座位的標準版本 MP 型冷氣巴士，先後供九巴、城巴及九廣鐵路公司試用，但未獲垂青，這部巴士後來被一家旅遊巴士公司購入。
		■ 城巴取得首條專利巴士線——12A 線，即行走中環至麥當勞道的巴士專營權。
1993 年	4 月	■ 年滿 65 歲的乘客獲九巴各線巴士優惠，惟機場巴士除外。
	6 月 6 日	■ 中巴大部分路線設優惠價，優待年滿 65 歲的乘客。
	7 月	■ 新大嶼山巴士獲為期 2 年的專利權，至 1997 年 3 月 31 日止。
	9 月 1 日	■ 中巴專利權獲延長至 1995 年 8 月 31 日。惟喪失部分路線的專營權。
		■ 城巴營辦 26 條（24 條島線及 2 條過海線）原由中巴經營的專利巴士線，專營權為 3 年。城巴把其中大部分路線改用全空調巴士行走。
		■ 城巴優惠年滿 60 歲的乘客。
		■ 新大嶼山巴士公司優惠年滿 65 歲的乘客，一律半價，惟週日除外。
1995 年	9 月 1 日	■ 中巴專利權獲延長至 1998 年 8 月 31 日止，為期 3 年。惟再喪失若干路線的專營權。
		■ 城巴再取替中巴經營 14 條港島路線和隧巴線。直至 1995 年年底，城巴在港島經營共 47 條路線，並與九巴聯營 8 條過海路線。
1996 年	3 月	■ 兩部隸屬城巴的「富豪」B6LE 低地台巴士抵達香港，揭開了本港專利巴士車隊採用低地台巴士的歷史新頁。
	4 月	■ 英國最大的運輸集團之一的 Stagecoach 在香港成立的捷達巴士，由於經營環境欠佳，結束其巴士路線服務。車隊原有的 6 部雙層「富豪」奧林匹克冷氣巴士，被轉售予城巴，另有 5 部單層「富豪」B10M 冷氣巴士，則於年內被運往紐西蘭去。至於原經營的屋邨巴士路線，則由冠忠遊覽車有限公司接辦。
	6 月	■ 港府為應付東涌新市鎮和赤鱲角新機場的需求，把 25 條新巴士專線批給龍運（九巴全資公司）及城巴。首批路線在 1997 年 6 月投入服務。
	9 月 1 日	■ 城巴獲批 10 年專利權，至 2006 年 6 月 31 日止。九巴專利權獲延長至 1997 年 8 月 31 日。
	11 月	■ 愉景灣交通服務有限公司引進第三部德國「平治」的 O405 空調巴士，裝配有西班牙的 Hispano Carrocera 車身。
	12 月	■ 新大嶼山巴士公司試用一輛「富豪」B6LE 低地台巴士，從梅窩直駛往東涌，測試低地台巴士在大嶼山行走的效果。1998 年 4 月，新大嶼山巴士公司決定購買低地台巴士，但訂單則落入另一供應商「丹尼士」去，購買 3 輛飛鏢型 SLF 低地台巴士，在 1998 年年初陸續投入服務。
1997 年	2 月	■ 為配合香港回歸中國盛事，由香港各界慶祝回歸委員會（慶委會）設計的慶回歸車身廣告色彩，先後披在城巴及九巴、中巴的巴士上，把慶回歸的訊息，帶到港九新界每一個角落去。此外，九巴又自行設計了色彩繽紛的慶回歸廣告在旗下眾多的空調巴士車身黏上，倍添慶回歸的熱鬧氣氛。
	3 月	■ 落馬州至皇崗的過境穿梭巴士服務通車，提供更便捷的過境巴士服務。營辦商是藝東有限公司，這是由九龍巴士（1933）有限公司與深圳一間機構合資成立的。
	5 月	■ 西區海底隧道通車，8 條新增設的過海隧道巴士線投入服務，其中 4 條是新設立的空調巴士路線，分別由九巴、中巴及城巴獨自經營。
		■ 青嶼幹線及北大嶼山快速公路開放通車，新的專利巴士線投入服務。其中，九巴的全資附屬公司龍運巴士正式運作，提供直接行走荃灣至東涌市中心的巴士服務。城巴的東涌新路線亦於同日開始行走。
		■ 九巴首輛「丹尼士」三叉戟型低地台雙層巴士運抵香港，九巴迅速替新巴士包裝，取名為「新紀元巴士」，並替其廣泛宣傳。

	7月	■ 全球最大雙層巴士——德國Neoplan製造的四車軸Megashuttle抵港,先後讓九巴及城巴試用。
	9月	■ 聰明咭車票「八達通」推出使用,持票人可利用「八達通」乘搭地下鐵路、火車、輕鐵、油麻地小輪、九巴及城巴。 ■ 九巴獲批的專營權有效期至2007年7月31日。
	10月	■ 城巴訂購的德國「猛獅」(MAN)低地台雙層巴士從澳洲運抵香港,成為本港第一部德國牌子的三車軸冷氣低地台雙層巴士。
1998年	1月	■ 赤鱲角新機場使用的德國Neoplan N922-2機場巴士,從德國運抵香港,為新機場的啟用,作好準備。
	2月	■ 政府宣佈不延續中華巴士專營權,並把原中巴營辦的88條專利巴士線公開招標承投。中華巴士專營權於1998年8月31日屆滿。
	3月	■ 城巴車隊邁向全冷氣化,旗下十多部非冷氣巴士全部退役。 ■ 共有6個財團入標,競投88條原中巴專利巴士線的營運權。
	4月	■ 政府批出88條中巴專利巴士線的3年營運權予新世界第一巴士服務有限公司。新世界第一巴士公司是由新世界發展(佔74%)及來自英國的巴士公司——英國第一巴士集團(佔26%)合組而成。新巴計劃斥資20億元,以添置新廠房及購買新巴士。
	5月	■ 三號幹線其中一個主要路段——汀九橋及大欖隧道落成通車,令三號幹線終於一氣呵成,南起上環,亦即西區海底隧道入口,北接凹頭迴旋處。多條途經大欖隧道及汀九橋的巴士線投入服務。
	6月	■ 為配合赤鱲角新機場於7月6日啟用,新機場巴士線及北大嶼山新路線全面投入服務,龍運及城巴的低地台新巴士穿梭往來新機場。
	9月	■ 新世界第一巴士投入服務,整個跟中華巴士的車隊的交接過程順利,新巴向中巴購買了合共710輛巴士,連同新巴的全新車輛,全新的服務獲得乘客的稱許。

▲ 西區海底隧道巴士線的第一個組成部分,是轉調了一些原來使用舊隧道的線路,914是來自昔日的114,仍舊由中巴及九巴聯營。

▲ 西區海底隧道巴士線於1997年5月1日投入服務,開創了很多前所未有的先河。

▲ 城巴的註冊商標。

▲ 新世界第一巴士公司註冊的商標。

迎着歐洲大陸低地台巴士設計的大趨勢，巴士公司從九十年代末期開始，大量引進無障礙設計的低地台巴士，令巴士服務的對象更加多元化。俗稱「熱狗」的非空調巴士，終於在 2012 年 5 月完成歷史任務，全面退出巴士服務行列，令香港的專利巴士實現全空調服務，構成又一個城市特色。

▲ 2012 年 5 月 6 日，九巴 1A 線最後一天有「熱狗」（非空調）巴士行走，11 米「丹尼士」巨龍 S3N369（GA6324）巴士，見證了這一天的歷史。

CHAPTER ⑨ 全面邁向低地台和全空調服務

1999 - 2012

◀ 左圖：兩軸低地台雙層巴士再度投入香港專利巴士車隊，ADL 和「富豪」在 2010 年先後提供樣板巴士供用家試用。2010 年 7 月底，「富豪」B9TL 樣板巴士抵港，以鮮明的城巴色彩示人。

◀ 右圖：九巴自 2009 年年初再度引入單層低地台巴士，除替換老舊的單層巴士外，更嘗試投入客量低的路線，取代傳統的雙層巴士。ASB8（NV3632）是配用葡萄牙 Caetano 車身的 Scania K230UB 型，長度是 10.6 米。

表 18　**千禧年代香港巴士型號**

香港登記年份	型號	九巴（包括龍運巴士）	新巴	城巴	港鐵	大嶼山巴士
1998-00	MAN NL262			●		●
1999-05	「富豪」Volvo Super Olympian 10.6m/12m	●	●			
2000	Scania K94UB			●		
2002-2012	TransBus/ADL Enviro500 Trident	●	●	●	●	
2003	MAN NL263					●
2007-2011	ADL Enviro200 Dart 10.4m/11.3m	●			●	
2007-2010	Scania K310UD	●				
2009-2010	Scania K230UB 10.6m/12m	●				
2010-2011	「青年」Young Man JNP6122GR1					●
2010-2012	「富豪」B7RLE	●				
2010-2012	ADL Enviro400			●	●	
2011	Scania K280UD			●		

▲ 2012 年 5 月 8 日，是九巴最後派出「熱狗」巴士行走的日子，尖沙咀碼頭的 5A 線總站，S3N351（GA1614）尤其受到歡迎。

▲ 送別「熱狗」巴士的一剎那，人們趕緊拍攝下來。

▲ 車廂流動媒體已成為香港專利巴士的特色，圖為新巴上層車廂的電視屏幕，正播放 buzplay 的節目。乘客安坐上層車廂內，除了欣賞多媒體節目外，位於車頭的報站系統，正顯示巴士抵達的站名。

▲ 城巴最新的車輛，在下層車廂設置有大型屏幕式的報站顯示，除車頭位置之字幕式資料外，屏幕同時提供更多的報站資料。

▲ 新世界巴士除選用 12 米版本的 Enviro500 型外，還添置 11.3 米型號，以行走半山區路線。圖中的 4008（NY912），在 2009 年 9 月加入新巴士車隊，行走 2 號線。

▲ 九巴集團成員龍運巴士繼續增購新車，Enviro500 型 8514（RB526）趕及在 2011 年年底之前投入服務，配用歐 5 排放引擎。

表 19　專利巴士小檔案（1999-2012）

1999 年	1 月	■ 英國 Stagecoach 全面收購城巴集團，涉及資金 23 億元。其後向公眾全面收購，最後將城巴私有化。
	2 月	■ 新巴開始在旗下巴士安裝八達通機，預期在年底之前，全部 730 輛巴士安裝妥當。
	5 月	■ 九廣鐵路 7 條接駁路線轉由九巴經營，除車身加貼了九巴標誌外，用車、路線和從前沒有分別。
	7 月	■ 運輸署邀請全港專利巴士公司，競投天水圍北及將軍澳南新發展區兩組路線，不再讓九巴獨資經營新市鎮巴士服務。其後，新巴投得將軍澳南的 7 條路線經營權；天水圍北的 6 條新路線，則交由九巴經營。
2000 年	6 月	■ 三家專利巴士公司聯手舉行「今日巴士更環保」運動，承諾提升車隊設備，共同肩負保護環境的社會責任。
	11 月	■ 九巴附屬公司路訊通推出「資訊娛樂共同睇」服務。在巴士上、下層車廂安裝 LCD 屏幕電視，播放資訊、娛樂內容。
	1 月	■ 九巴旗下車隊全部完成安裝八達通機。
2001 年	6 月	■ 九巴把旗下路訊通分拆往聯交所主板上市，集資 3 億多元。
	12 月	■ 新巴 730 巴士陸續完成安裝電視屏幕，提供新聞財經娛樂等資訊，定名為「M 頻道」。
2002 年	1 月	■ 九巴在尖沙咀碼頭 5C 線總站設裝全港第一個數碼互動巴士站，試用 6 個月。
	2 月	■ 城巴成功將空調柴油巴士（「丹尼士」Dragon）改裝為空調雙層無軌電車，並測試成功。其後礙於港府的運輸政策，城巴無法將之推廣，無軌電車試驗計劃無疾而終。
	6 月	■ 港府延續新巴、龍運巴士和城巴機場路線的專利權 10 年。新專利權加入條文，加價機制按照 13% 回報率準則。
	8 月	■ 新巴最後一輛非空調巴士退役。
		■ 配合地鐵將軍澳支線通車，運輸署分三階段重組將軍澳公共巴士網絡，共有 17 條巴士路線合併或取消。
2003 年	2 月	■ 九巴荔枝角新車廠開幕。新車廠座落在九龍填海區，佔地 2 萬 3 千 3 百平方米。車廠由設計、施工興建，運作均貫徹環保概念。
	6 月	■ 新巴母公司集團的鄭裕彤家族，斥資 22 億元，透過旗下的私人公司周大福企業，向英國 Stagecoach 集團收購屬下的城巴全部股權。
	12 月	■ 周大福企業及新世界創建成立新公司 Merryhill Group Ltd，透過互換股份，納入兩者旗下多家運輸機構，包括城巴、新巴、冠忠、新渡輪等，變相把城巴和新巴合併。
2004 年	7 月	■ 城巴柴灣新車廠開幕，同時展開慶祝成立 25 周年活動。
	12 月	■ 九廣鐵路馬鞍山線通車，運輸署重組區內巴士網絡，取消 5 條巴士線。
2005 年	9 月	■ 迪士尼樂園開幕，城巴和龍運巴士營辦的 6 條前往樂園巴士線投入服務，並增闢臨時路線 R8A 來往樂園及迪欣湖。
2006 年	2 月	■ 城巴和新巴將 4 條行經西區海底隧道的通宵巴士線，改行紅磡海底隧道，以節省隧道費，每年可省回 275 萬元。
	4 月	■ 九巴在 8 個顧客服務中心推出數碼地圖諮詢系統，讓乘客自行透過輕觸式屏幕，在立體地圖上搜尋最方便、最廉價的巴士路線。
	7 月	■ 城巴將 3 輛「利蘭」Olympian 雙層空調巴士改裝為開篷巴士，作租賃用途。
2007 年	7 月	■ 連接新界西北與深圳蛇口的深港西部通道通車，口岸公共交通服務全面投入服務，包括有嶼巴 B2 線連接元朗；和城巴 B3、B3X 線往返屯門。
	8 月	■ 九廣鐵路落馬洲支線通車。九巴開辦 B1 路線，往來元朗西鐵線與落西洲總站交通交匯處。

	12 月	■ 九廣鐵路和地下鐵路合併，以「港鐵」命名，營運全港鐵路交通。九巴轄下約 300 個以地鐵站、西鐵站、火車站命名的巴士站，全部統一改稱「鐵路站」。
2008 年	11 月	■ 新巴和城巴首度在巴士車廂提供 Wi-Fi，為乘客提供免費無線上網服務。
	12 月	■ 英國大巴士（Big Bus）旅巴公司在本港啟業，帶來定線定時的觀光巴士服務，巡迴港九景點。
2009 年	9 月	■ 全港所有有蓋巴士站、露天巴士總站陸續被列為法定禁煙區。
	10 月	■ 新巴營運兩條旅遊路線 H1 及 H2。新線被包裝為「人力車觀光巴士」，共有 4 部空調雙層巴士被改裝為開篷款式，外貌畫上了懷舊人力車圖樣。
	12 月	■ 九巴推出夜光水晶巴士站柱，方便乘客在夜間候車時，容易查看車站附帶的資料。
2010 年	5 月	■ 九巴從上海引進 1 輛電容巴士，作試驗行走，探討電容巴士在香港使用的可行性。
2011 年	3 月	■ 九巴推出免費 iPhone App，包括「落車提示」功能。用戶可預先選取目的地，手機會提前兩個站發出聲響或震動提示下車。
	6 月	■ 城巴陸續完成安裝車廂 GPS 自動報站系統，全面利用衛星定位技術，準確地為車廂乘客提供車位置和到站提示等訊息。
2012 年	4 月	■ 九巴試驗第 2 部超級電容環保巴士，這是由「青年汽車」製造的 JNP 6122UC 製作的純超級電容城市客車。九巴將累積實際營運試驗數據，為未來環保巴士的使用，作好準備。
	5 月	■ 九巴最後一批非空調巴士退役，令全港所有專利巴士邁向全空調化。九巴計劃保存最後兩款空調巴士（「丹尼士」Dragon 和「富豪」Olympian）各 1 部，作為九巴車隊發展的見證。
	7 月	■ 新巴和城巴把旗下 1 千 7 百輛巴士的流動多媒體廣告服務代理權，授予 Buspak Advertising (Hong Kong) Ltd。自此，原有的路訊通（Roadshow）多媒體節目將絕跡於新巴及城巴車廂。新節目名稱，叫做「Buzplay」。

▲ 登上張貼有「Webus」標誌的城巴巴士，乘客可以利用免費 Wi-Fi，在車廂內上網。

▲ 新巴「人力車觀光巴士」，穿梭於中國街頭，車輛本身已構成一個獨特的城市景觀。開篷觀光巴士的其中一個賣點，是車尾「名副其實」地有一個人力車式的軟篷。

▲ 九巴在 2012 年 4 月引進第 2 部超級電容巴士作為期 6 個月實地測試，把新巴士包裝為 gBus 的 2 號車。電容巴士來自浙江省金華市的「青年客車」，全長 12 米，可運載 70 位乘客。巴士在每次充電之後，可連續行車 8 至 10 公里。

▲ 由英國 TransBus/Alexander Dennis Limited
（ADL）製作的 Enviro500 Trident 型雙層巴士，
自 2003 年面世以來，一直是全港各大專利巴士
公司的主力車型，並且順利地從歐 2 型引擎過
渡到歐 5 型引擎。這部九巴 ATEU23（PJ9629）
配置有歐 4 排放引擎，在 2010 年投入服務。

▲ 九巴在 2011 年購入 30 輛 ADL 製作的 Enviro
200 Dart 巴士，部分用以接替退役的舊車，行
走大帽山攀山路線。這部 AAU9（PW6471）行
走新界西北區路線，從天水圍開到上水。

▲ PC4053（ATSE1）是 ADL 供應九巴的 Enviro
400 型兩軸低地台空調樣板巴士，九巴把它包
裝為「九巴引入全港首部歐盟第五代兩軸環保
巴士」。

▲ 12 米長的 Scannia K230UB 型低地台空調巴士
ASC 10（NX4335），活躍於新界上水區。

▲ 九巴把 Scania K310UD 型新巴士編為 ASU
型，這是在 2010 年 1 月投入服務的 ASU14
（PC4423），行走隧道線 170 線，來到港島
南端的黃竹坑。

▲ 九巴自 2000 年添購德國「猛獅」MAN 24.310
低地台雙層巴士，這些車輛配有荷蘭 Berkhof
車身，原售予城巴，後來輾轉由九巴購入。圖
中的 AMN1（JL1989）行走新界西北特快路線，
來到了市區尖沙咀。

▲ 共有 70 輛「富豪」B7RLE 低地台巴士，在 2010 年至 2012 年投入九巴車隊，全部配置 ECV 車身。AVC31（PH8276）以主力的姿態，在 273B 線服務。

▲「富豪」車廠從 2010 年起，向九巴供應合共 290 輛配歐 5 引擎的 B9TL 新巴士，全部配 Wright 車身。AVBWU19（PJ5797）在 2010 年 7 月底投入服務之後，迅速在東區海底隧道路線 681 線佔一個位置。

▲「富豪」超級奧林比安 (Super Olympian) 是低地台的奧林比安型號，在九巴和新巴車隊內，都可以找到。圖片的九巴 3ASV78（JP6375）巴士的特別之處，是車身披有供應商的特別廣告，內容指這車是「亞歷山大」供應九巴的第 3,000 輛巴士。

▲ 除 12 米長度之外，「富豪」超級奧林比安亦有短軸距的 10.6 米版本，供應期延續至 1995 年。ASV82（LR3641）開到了九龍尖沙咀的最南端。

▲ 城巴自 1998 年起，購入共 80 輛單層的「猛獅」MAN NL262 低地台 12 米單層巴士，是首家向德國車廠購入單層巴士的專利巴士公司。新巴士除活躍於港島半山區路線之外，亦被派駐大嶼山和機場路線。圖中的 1528（HU5428）行走機場路線 S52P，進駐東涌。

▲ 城巴車隊中，唯一的 Scania K94UB 空調 12 米巴士 (2800) 自 2001 年加入後，一直扮演低調角色。它的色彩車身，反映了一段城巴的歷史，那是 1999 年英國 Stagecoach 集團收購城巴之後，在巴士車身髹上跟英國巴士相若的線條。

▲ 城巴在 2012 年繼續接收已購置的 Enviro 500 型新巴士，全部配置歐 5 排放環保引擎。這輛 8236（RN3021）新車，在 2012 年 8 月中，以簇新的面貌，從九龍美孚新邨開赴港島筲箕灣。

▲ 城巴在 2011 年接收另一部樣板巴士 Scania K280UD，車隊編號 8900（PX3555），配用葡萄牙 Caetano 車身。

▲ 城巴在 2010 年接收 ADL 的 Enviro400 型樣板巴士之後，於 2011 年增購 38 輛新車，投入南區赤柱路線，接替已退役的三軸舊巴士。

▲ 九廣鐵路屬下的巴士部門，在 1998 年初引進 Enviro500 型新巴士，投入大埔鐵路站的接駁巴士線。823（NX3837）駛抵大埔墟鐵路站，車身上面的九巴標誌，反映出這條接駁巴士線的營運模式，是由九廣鐵路提供車輛，由九巴經營及營運。

▲ 在兩鐵合併後的初期，這部港鐵巴士 Enviro200 Dart（904，NP8088）仍帶有九廣鐵路巴士的色彩，而車頭新添了港鐵的標誌。

▲ 九廣鐵路及地下鐵路兩家公司合併之後，港鐵巴士同樣以新面貌示人。停泊在天水圍鐵路站外的 Enviro500 型（802，NF6585）和尾隨的 Enviro200 型巴士（905，NR5800），同以標準 MTR 巴士色彩出現。

▲ 港鐵在 2012 年購入 9 輛 ADL 的 Enviro400 型雙層空調巴士，為首的 140（RJ7286）在 2012 年 5 月率先投入 K65 線，抵達流浮山。

▲ 新大嶼山巴士從 2003 年起，增購「猛獅」NL263 低地台空調巴士，開始了車隊標準化的步伐，MN06（KY8548）配用葡萄牙 Caetano 車身，活躍於東涌。

▲ 新大嶼山巴士在 2010 年首度購入內地製造的單層巴士，YM09（PP7760）是由浙江省「青年客車」供應的 JN-P6122GR1 型低地台空調巴士，行走東涌路線。

AJ 2929

司公限有車汽華中
CHINA MOTOR BUS CO.,LTD.

25 CTS. 弍毫半

THIS TICKET IS NOT TRANSFERABLE

外 篇

巴士路線追蹤

▲ 自 1960 年開始，不少巴士路線都設有分段收費。為提醒乘客留意，巴士公司會在分段收費的車站上面，附加有「分段」的標誌。圖中的分段車站，攝於 1969 年。

　　香港巴士服務從二十年代只有區區十多條線，發展至今天的好幾百條，並建成一個頗為完善的路線網絡，實非一日之功。期間各巴士公司不斷因應不同需要開設新路線，最突出的例子有海底隧道（1972 年）、「東隧」（1989 年）及「西隧」（1997 年）通車後的過海線，及隨着新市鎮的發展而增設的多條巴士線。

　　這些不同路線的編號從小到大，從一位數字發展到三位數字並結合不同的英文字母，在在反映巴士服務的多元化以及設計者的心思。好像往來紅磡海底隧道的過海線，基本上以 1XX 為識別；往來東區及西區海底隧道，則以 6XX 及 9XX 為識別。

　　還有，不同的英文字母，也代表着路線的特質，如「X」是代表特快路線；「R」代表假日郊遊路線；「M」代表地鐵接駁路線；「N」代表通宵服務；「K」代表鐵路接駁線。至於行走特別時間及用途的巴士路線更是不勝枚舉。

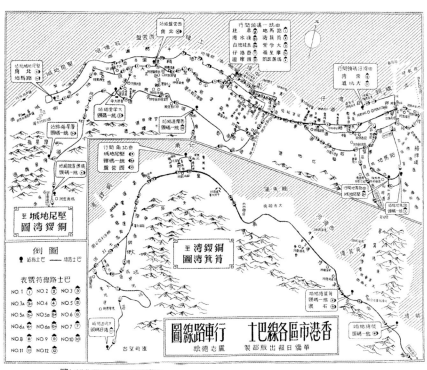

資料來源：《香港年鑑》第十四回，《華僑日報》1961 年版。

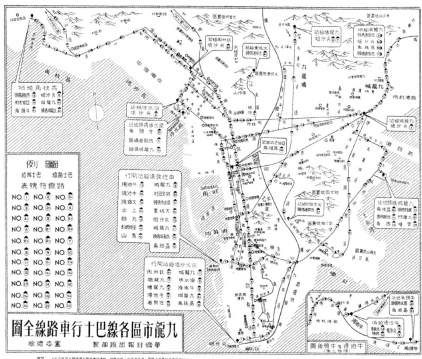

圖全線路車行士巴線各區市龍九

資料來源：《香港年鑑》第十四回，《華僑日報》1961年版。

▲ B1 線的名稱叫做「彌敦購物線」，沿彌敦道走廊行走，巴士車身擁有特別的顏色，既方便乘客，也有助推廣這條路線。

▲ 15B 線只在假日才出現，從天后地鐵站往山頂，中巴以短車軸的「丹拿」珍寶型（SF）巴士行走，自 1998 年 9 月 1 日起，由新巴派車行走。

▲ 往來沙田博康邨與港澳碼頭的 801R 線的捷達雙層巴士已不復存在，這條路線已於 1996 年年初由冠忠遊覽車公司接手經營，而這批「富豪」奧林匹克冷氣巴士，則由城巴購入，前面的 GK9454，現已成為城巴車隊編號 509 的巴士，在專利路線服務。

▲ 61A 何時出現？也許很多人也摸不着頭腦，原來它是因為司徒拔道山泥傾瀉後需要封閉，專為司徒拔道居民往返市區臨時而設，往來中區與司徒拔道嶺南學院之間。

特快路線（X）

▲ 城巴為港島柴灣地區的居民，設計了多條直達銅鑼灣至中區的特快路線，取道東區走廊，大大節省途經筲箕灣、鰂魚涌及北角的行車時間，8X 線是其中之一，終點站設在小西灣（藍灣半島）和跑馬地（下）。

▲ 5X 特快線連接西區堅尼地城與銅鑼灣，行車路線避開了上環和中區的心臟地帶，乘客稱便。

▲ 59X 路線以旺角東鐵路站為目的地，巴士在抵達美孚新邨之前，上一個停車站是屯門區的龍門鐵路站，途中已經走過了屯門公路和荃灣路。

▲ 從鴨脷洲利東邨開出的 94X 特快線，逢星期一至星期六的上午繁忙時間行走，途經香港仔、薄扶林道、山道天橋及干諾道西，直達中環（交易廣場）。

不限時段行走的特別路線 (P)

▲ 從青衣碼頭總站開往荃灣鐵路站的 41P 線巴士，只在星期一至星期六的早上繁忙時間行走；而回程路線則提供全日服務，尾班車在晚上 7 時從荃灣鐵路站開出。

▲ 老牌紅隧過海路線 102 增設特別班次 102P，於平日早上繁忙時間提供服務，從筲箕灣開出 2 班，又從美孚開出 5 班，取道港島東區走廊，避開了港島東區的一小段繁忙路段。

▲ 新世界第一巴士服務有限公司營辦的 8P 線，來往小西灣與灣仔碼頭。原只作上、下午繁忙時間行走，但自 1998 年 10 月開始，改作全日服務，成為全港首條全日行走的 P 線巴士。

地鐵接駁路線（M）

▲ 61M 是假日往來金鐘地鐵站與港島南區海灘的旅遊路線，這天城巴派出這部新近投入服務的 11 米「富豪」奧林匹克冷氣巴士行走，車隊編號 904 巴士正全速駛往淺水灣。

▲ 港島線地下鐵路只在港島北岸行走，中華巴士為港島南區華富邨乘客開辦 40M 路線，直達中區及金鐘地鐵站。

火車接駁路線（K）

▲「K」線是接駁火車站的路線，11K 往來黃大仙竹園邨與九龍車站之間。

▲ 更多的 K 線巴士往來新市鎮，82K 連接美林邨與火炭火車站。

通宵服務路線 (N)

▲ 121 是歷史悠久的通宵過海隧巴路線，1996年5月起，更被正式編為 N121 線。這部九巴巴士，正在港島港澳碼頭總站，等候開往九龍。

▲ N8X 本是一條通宵路線，但城巴這部「丹尼士」飛鏢型（1421）巴士，卻在白天出現了。

▲ 241S 是九巴多條通宵服務路線之一，來往青衣與九龍車站之間，這條路線的編號已於1996年5月初亦改為 N241 線。

▲ 自七十年代初開始，香港政府再改變巴士車牌的登記辦法，使
巴士車牌再無預留號碼，而須與其他車輛一起隨機抽出。圖為
AD7286 的「丹拿」CVG6 型巴士，屬九巴所有，攝於七十年代。

　　1941 年以前的巴士車牌都不超過 3 位數字，也沒有字母。戰後（即 1945 年 8 月），香港政府批准兩家巴士公司可再保有原登記的號碼。惟翌年年中，政府改變發牌方法，選用一系列「4×××」的 4 位數車牌（仍無字母），當用完後，可用英文字母「HK4×××」、「AC4×××」、「AD4×××」及「AH4×××」作後補。有趣的是，新方法被採納後的第一個車牌不是 4000，而是 4101。此外，因為特殊的原因，中巴先用 AD，再用 AC。這種情形一直維持至七十年代初期。

　　其後政府修訂了有關的規定，把巴士所採用的車牌，一併由運輸署的電腦隨機次序中批出，令巴士車牌再沒有連續順次序出現，也再沒有預留號碼。這樣一來，巴士的車牌也欠缺以往的特色，但也偶爾出現較獨特的數字。

　　追蹤巴士車牌，有時候較追蹤車隊編號來得容易，不過，數字小的車牌，卻並不等於是車隊編號較前的巴士成員。

▲ 圖為六十年代初中巴旗下的「丹尼士」Loline 3 型雙層巴士，車牌號碼為 AD4527。

▲ 圖為八十年代按照 1949 年款式重修的九巴「丹拿」CVG5 型雙層巴士，車牌號碼保留原本的 4961。

▲ 圖為 1931 年香港大酒店旗下的太子型巴士。請注意當時的車牌「608」只有 3 個數字，數字前並沒有字母。

▲ 1946 年開始，香港政府將公共巴士車牌改為 4 字位，且由 4101 開始，同樣數字前並無字母。圖為四十年代末九巴旗下的「百福」OB 型巴士，車牌為 4595。

▲ 4 字位的車牌用畢後，可在數目字前冠以 HK、AC、AD、AH 等字母。圖為五十年代車牌編號 HK4220 的「佳牌」亞拉伯 UF 型巴士。

▲ HK104 配合這部 1949 年的英國 Tilling Stevens
K5LA7 巴士，更覺相得益彰，倍添古典味道。HK104
本來不是這部「白水箱」的原配，只是在 1975 年車子
重修時，中巴特意向運輸署索取，以襯托古老巴士的。

▲ 中巴的 AC4717 在改作工程車輛的同時，幾乎百分之
百保留着昔日載客服務時的樣子。從它的登記車牌，
可以知道這是一部 1965 年 3 月初投入服務的「佳牌」
亞拉伯 5 型單層巴士，1972 年被裝上中巴自行製造
的頂層車廂，成為編號 S10 的短車軸雙層巴士，直到
1983 年退役後，才被改作圖中運送輔幣的車輛。

▲ AD4589 原是一部 1964 年 3 月下旬簇新投入服務的
「佳牌」亞拉伯 5 型短車軸單層巴士，後來中巴的車
隊趨向雙層化，這部單層巴士遂在 1969 年 11 月被改
裝為第一部短車軸的雙層巴士，全長只有 26 呎，車
隊編號是 S1。直到 1980 年，再被改裝為水缸車，負
責運送清水，到各中巴總站清洗路面。

▲ 中巴旗下的「丹尼士」飛鏢型巴士也經歷過一次換牌
大行動，這部 CX4 被換上了 BJ825 的車牌。BJ825
原來是一部 1975 年「丹拿」珍寶巴士 LF50 的車牌，
在 1993 年 11 月退役，中巴將之套用在 CX4 之上。

▲ 中巴 CX7 的 GD4980 的原裝車牌，在 1995 年 11 月，被換上「新」車牌 CJ790，是從一部退役的「丹拿」珍寶（DMS）XF49 保留下來的車牌。

▲ CV184 是九巴手上曝光最多的車牌，當年這個車牌被套用在這部 12 米的「利蘭」奧林匹克三軸樣板車上，車牌的數字已覺矚目，再加上這是九巴車隊中獨一無二的車款，所以 CV184 無人不知。九巴在 1983 年慶祝其 50 周年大日子時，亦採用這部巴士作背景，拍攝一張九巴高級行政人員的集體照，足見這車牌備受重視的程度。

▲ 圖中巴士本是九巴 11 米長的「利蘭」奧林匹克三軸巴士，編號 S3BL174，後由於車身失火，車身盡燬，九巴將剩下的底盤送往廣州穗景客車廠重新裝嵌車身，再運返本港投入服務。今天這部 S3BL174 既擁有獨一無二的廣州製造車身，也獲得全新的 GP7528 的車牌。

▲ 新近於 1998 年 10 月投入服務的城巴「丹尼士」三叉戟巴士，擁有這個 HW1120 的車牌號碼。

▲ 各自獨立的路線號碼及目的地牌箱,一直是中華巴士的特色,4867 是中巴標
  準的「佳牌」亞拉伯 4 型的短車軸巴士,於 1957 年 11 月投入服務,它的英
  國 Metal Sections 車身,也成為了中華巴士在六、七十年代的車身標準。

　　每一型號新巴士的出現,都會為巴士迷帶來興奮,更會為平凡的巴士服務帶來一點點的新
意思。而每一型號中的第一部,其意義便顯得非比尋常了。

　　不同的巴士公司,它們選取新車的角度各有不同,有的追求車隊規格的標準化,如九巴在
七十年代大量引入「丹拿」巴士,都一律採用吉拿引擎;有的熱衷於引進不同的新車款,如城
巴率先引入「富豪」低地台巴士;也有每次只引進少量的,如中巴車隊中為數很少的幾款三軸
巴士。這幾種不同的購車習慣,大大地豐富了香港的公共巴士服務,也為巴士迷和巴士乘客平
添不少追蹤的目標。其實,每一款巴士的出現,背後都有着很多不同的故事,從巴士的設計、
機械佈局的配搭,到車身的選擇,以至到新車行走那一條線等等,都是大有緣由的。

▲ 中華巴士從五十年代開始，便跟英
國「佳牌」巴士建立密切的關係，
並且把「佳牌」巴士成為標準化的
車隊成員，HK4192 是 1954 年 6
月投入服務的「佳牌」亞拉伯 4 型
短軸距單層巴士，車嘴裝飾欄柵上
面，有「GUY」字樣。

▲ 六十年代「佳牌」推出亞拉伯 5 型，中巴繼續成為它的最大用家，圖中的亞
拉伯 5 型巴士，擁有伯明翰式車嘴，上面還有「紅番頭」的廠徽。

▲ 中華巴士的 Metal Sections 車身的標準設計，除中巴
特色的牌箱之外，它的方向指揮燈以箭咀方式顯示，清
晰易明。

▲ 英國「佳牌」巴士的另一產品──亞拉伯 UF 型，也成
為中華巴士車隊的成員，這部亞拉伯 UF 型巴士的新改
良地方，是增設了位於車頭的引擎冷卻水箱。圖中的巴
士於 1970 年 8 月轉售往大嶼山，8 月 24 日在島上試車
時，在梅窩（銀礦灣）失事，之後未有再投入服務。

◀ 中華巴士的「佳牌」巴士除了在香港島服務之外，還於 1977 年 5 月乘搭英軍登陸艇，開赴大嶼山梅窩，在島上試走了一轉。LS43 是矮車身的 26 呎長「佳牌」亞拉伯 5 型雙層巴士，只設有一隻車門，都全是中巴的標準規格。

◀ 左圖：中華巴士的標準化車隊，在 1968 年 3 月新落成的灣仔新碼頭的通道上，可見一斑，特點是以單層巴士為主，而且都是「佳牌」的短軸距型號。

◀ 右圖：中華巴士是英國「佳牌」巴士的最大客戶，從七十年代中環總站上面的中華巴士車隊陣容，正好說明了這個事實。總站上面的中華巴士，全部都是「佳牌」的產品。

▲ 中華巴士致力開發更多的新車車源，MC1 是 1978 年投入服務的首輛英國「都城嘉慕」都城型巴士，也是這家英國巴士製造商首次踏足香港市場的產品。

▲ 香港政府在八十年代初期放寬公共巴士的長度限制至 12 米，大容量的 12 米三車軸巴士應運而生，中巴率先向「都城嘉慕」訂購 12 米樣板巴士，ML2 是其中之一，它在 1981 年投入服務，特色是設有 3 隻車門，但往後中巴大量訂購的新車之中再沒有出現。其後採用這個設計的，卻是九龍巴士公司。

▲ AL1 是中巴購入的「富豪」Ailsa 12 米三車軸樣板巴士，它採用前置引擎設計，載客量 170 人，但由於未獲中巴大量訂購，只留下 AL1 及 AL2 這兩部樣板巴士。

▲ 九巴是英國「丹拿」巴士的最大顧客，七十年代旗下雙層巴士，
　九成是「丹拿」產品，圖為 1972 年初的九龍佐敦道碼頭的巴
　士總站，「丹拿」CVG6 型巴士以「壓倒性」的姿態出現。

▲ 九巴自 1949 年起，便向英國「丹拿」車廠招手，
　大量引進各款「丹拿」CVG5 及 CVG6 型雙層
　巴士，這些雙層巴士遂成為九巴的標準車隊，圖
　中的 AD4749 是標準的 CVG6 型，全車的包裝
　及款式，如設於車尾的樓梯及前、後車門，都是
　九巴雙層巴士的標準。

▲ 30 呎長車身的「丹拿」CVG6 型（「丹拿」
　F 型）從九龍駛往元朗，也同時把「丹拿」
　的名字，帶到新界西北區去。

▲ 九龍巴士的標準化單層巴士，首推「亞比安」Victor VT17AL，全長 29 呎 9 吋，裝置有 British Aluminium 車身，這兩部巴士在 1968 年 12 月服務葵涌屋邨路線時，仍保留着拉閘，這同樣是九龍巴士的標準。

▲ 1976 年，30 呎長的「亞比安」Victor VT23L 繼續成為九巴往返新界路線的標準車款，它的攀爬耐力，一直到八十年代初期才被淘汰，服務新界逾 18 年之久。

▲ 九巴於六十年代向英國 AEC 購入 34 呎長的 Regent 5 型巨型雙層巴士，它除了保留了大量的九巴雙層巴士的標準設計外，更帶來全新而影響深遠的標準——長度 34 呎，及載客量逾 100 人。

▲ AEC 的 Regent 5 型巴士的設計，並不適合改作一人控制之用，九巴在 1971 年先把車上售票員的數目，從 3 人減至 1 人，而車頭的 3 條標準黃線，標誌着這款 34 呎長的巨型巴士，只設有一位售票員工作，乘客必須在前門上車，購票後，往尾門下車。

▲ 1980 年 6 月，九巴試驗性地推出雙層冷氣巴士，這是「丹尼士」Jubilant，在英國裝嵌「亞歷山大」車身，空調機由獨立引擎驅動。巴士的車身色彩跟當年的單層豪華巴士一致。可惜這部空調巴士的試驗並不成功，空調機被拆掉，巴士恢復以普通巴士服務。

▲ 九巴的 BL2，是 1981 年英國「利蘭」車廠向九巴提供的 3 部奧林匹克樣板車中的其中一部，配上英國 ECW 車身，這種車身款式，在九巴 3,000 多部巴士之中，只有 4 部而已。

▲ AL1 是九巴第一部有冷氣設備的「利蘭」奧林匹克巴士，在 1988 年年中作試驗性行走，更成為九巴第一款大量購入的冷氣雙層巴士。這車最特別的地方，是車身與其他非冷氣巴士的款式相似，常被乘客質疑為非冷氣巴士收取冷氣巴士的車費。

▲ 這部三車軸「都城嘉慕」超級都城型，是 1987 年向九巴供應的冷氣樣板車，可惜這個試驗並不成功，冷氣裝置後來被移走，而這部 DP1932 只好帶着這段歷史故事，恢復為普通巴士的色彩，繼續在九巴車隊服務了。

▲ AD1 是英國「丹尼士」車廠向九巴提供的第一部冷氣版本巨龍型巴士，在英國裝嵌妥當之後，在 1990 年初付運香港。輾轉多年，冷氣「巨龍」成為了九巴車隊之中，為數最多的空調巴士型號之一。

▲ 九巴車隊中的 AM184，除了是最後一部日本「三菱」MK 型冷氣巴士，更是首部採用低地台設計的車款。

▲ 城巴車隊中的 1803，是中國北方車輛公司與德國 Neo-plan 公司合作開發的巴士，型號是 Norinco Neoplan 316，城巴共購入 3 部，而只有這一部是右軚駕駛。在車廠的生產紀錄之中，也只有這部是最早的右軚產品。

▲ 2001 是城巴第一部瑞典「富豪」B12 豪華冷氣巴士，前所未見的比利時 Jonkheere 車身，令人眼前一亮。這部巴士已於 1996 年上半年投入城巴的港穗路線行走。

▲ 1301 擁有城巴車隊的多個「唯一」的紀錄——唯一的「富豪」B6R 巴士、唯一的「亞歷山大」Dash 車身、唯一曾經經常在各條路線，包括隧道線出現的單層巴士。

▲ 1302 同樣擁有多個「第一」的紀錄——全港第一部低地台單層巴士、城巴第一部採用 Plaxton 車身的「富豪」B6LE 巴士、第一部長度達 10.6 米的中型單層巴士。

▲ 城巴向德國汽車製造廠招手，引進三車軸的低地台雙層巴士，這是德國「猛獅」的產品，車身由澳洲的 Volgren 裝嵌，是在香港首次出現的組合。在其後城巴增購的同款巴士底盤訂單之中，已改用其他廠家的車身，令這輛 2500 成為別樹一幟的組合。

▲ 1501 是全港第一部來自德國的「猛獅」NL262 低地台單層巴士，全長 12 米，車身也是由「猛獅」裝嵌的。

退役巴士追蹤

▲ 不少中華巴士的退役巴士，都無法被一一保留下來，最終
只有面對被肢解的命運，只能永留人們的記憶之中。

◀ 左圖：必達巴士旗下的「丹拿」A 型巴士，
模樣是七十年代剛從九巴車隊退役時的樣
子，亦即是當年九巴採用一人操作模式之
後，把車隊的顏色劃一，讓乘客習慣這種模
式。

◀ 右圖：古老的單層巴士「亞比安」Victor，
服務至八十年代初期始退役。在退役之前，它
仍服務荃灣區路線，在深水埗碼頭等候開出。

　　把退役的巴士保留下來，免除被肢解的命運，一直是巴士迷心底裡的夢想。現在，巴士
公司已替巴士迷把這個夢想逐一實現。

　　中華巴士在七十年代率先把一部 1949 年的英國「白水箱」（Tilling Stevens）單層巴士
重修完成，成為一部活古董。接着，九巴在 1983 年慶祝 50 周年的時候，也把一部 1949 年
的雙層「丹拿」CVG5 型巴士翻新，並且恢復其九龍第一款雙層巴士的樣子。九巴隨後更先
後保存退役的「丹拿」CVG6 型、AEC 雙層巴士及「亞比安」單層巴士等。

　　另外，必達巴士公司也保留多部「丹拿」珍寶巴士。所有這些被保留下來的舊巴士，都
反映出自四十年代至七十年代香港公共巴士的演進。

▲ 四十年代的雙層巴士，座椅全部是採用木條製成，沒有舒適的乳膠，也沒有玻璃纖維。

▲ 這部原九巴的「丹拿」A 型巴士，由香港巴士迷會保存，正待翻新。從車身的骨架，可以隱約找出當年九巴車身的神采，如車身有坑紋的條紋，是九巴採用的附有綠色線條的色彩。

▲ 九巴在 1983 年重建完成的「丹拿」CVG5 型（「丹拿」A 型巴士），完全是按照 1949 年九龍市區第一款「丹拿」雙層巴士的模樣製造的，全車只有一隻開放式的尾門，非常富有英國倫敦巴士的味道。

▲ 中巴的 1949 年「白水箱」（Tilling Stevens）K5LA7 巴士，於七十年代中期被重修，成為了本港最古老的單層巴士。全車採用木質支架，車身是由中巴設計及建造的。底盤來自英國，是當年的長軸距單層巴士。中華巴士在 1998 年 9 月喪失專利權之後，仍保留着這部巴士，只是它不用再以專利巴士登記而已。

▲ 1963 年的九巴 AEC Regent 5 型巴士，是當年九龍市區最長的雙層巴士，長度有 33 呎。這部巴士的色彩保留着六十年代投入服務時的模樣，但車門的位置已經過改動，從原來的中、尾門，改為只設頭門及中門以遷就九巴採用一人操作模式。新車投入服務時，設有尾門，而登上二樓的樓梯，亦設在車尾，全車共安排 3 位售票員工作。

◀ 這部開頂古老巴士最突出之處,是在改裝之餘,仍保留有相當完整的車身頭幅。

◀ 九巴保留的一部 1971 年退役「丹拿」CVG6 型(E 型)巴士。它擁有不少紀錄,例如它是九巴第一款採用一人操作模式的雙層巴士,也是九巴最後一款半駕駛艙設計的前置引擎雙層巴士。

◀ 把「丹拿」E 型退役巴士改裝為獨特的開頂巴士,可說是九巴的創舉。

◀ 曾在九巴豪華巴士路線服務的英國「亞比安」豪華巴士,是地下鐵路通車之前,九巴在九龍區開辦的豪華巴士路線,吸引私家車主利用作為代步工具。豪華巴士在 1990 年 4 月退役之後,九巴將之送贈交通安全會,現由香港巴士迷會保管。

◀ 必達巴士保留的前九巴「丹拿」珍寶巴士,它在 1991 年年初退役。這車特別的地方,是擁有九巴自行設計及製造的車身,當年九巴只製造了兩部這樣的車身而已。

▲ 被保留下來的 3 部前九巴「丹拿」珍寶巴士，分別擁有不同的車身，是一個難得的組合，也是保留古典巴士的精彩之處。「丹拿」珍寶巴士是英國第一代後置引擎雙層巴士，也是本港七十年代主要的雙層巴士款式。

◀ 另一部由必達巴士保留的前九巴「丹拿」珍寶巴士，車身是由英國 BACO 供應的樣板巴士，全車呈四四方方的外貌，又被稱為「四方寶」，在 1990 年 12 月退役。這個色彩，是當年新車投入服務時的原貌。

▲ The Big Bus Company 大巴士公司在 2008 年 12 月在香港開業，從新世界第一巴士購入 8 輛「丹尼士」鷹（Condor）11 米空調巴士，改裝為開篷觀光巴士，下層車廂保留有空氣調節，開展「香港觀光遊」服務。2011 年 9 月中，駛到赤柱峽道的 NR9783，前身是中巴／新巴的 DA28，車牌編號 EW726。

▲ 香港地區是大巴士公司繼英國倫敦、中東杜拜、美國費城之後，第 4 個經營開篷觀光巴士的城市。

▲ 全港唯一的「丹尼士」Jubilant（DS1，CD2198）巴士，自新世界第一巴士退役之後，曾一度被閒置，其後由香港巴士迷會保存下來。DS1 在 1980 年加入中巴，是一款前置引擎底盤的非空調巴士，裝置有「亞歷山大」車身。

◀ 被私人保留下來的一輛前九巴 11 米「利蘭」奧林比安非空調巴士,前來參加 2012 年的巴士大集會。

◀ 在 2011 年的巴士大集會上,出現有被私人保留的前九巴非空調巴士,包括前面的 9.5 米「利蘭」奧林比安,原車隊編號是 BL79(DE3104),全車保留有原裝的路線編號和目的地牌布。

◀ 參加同一活動的,還有這輛退役的九巴 11 米「丹尼士」巨龍非空調巴士,原有的車牌是 EU9551,車隊編號是 S3N255,由私人收藏起來。

巴士司機培訓追蹤

▲ 在八十年代初，九巴訓練學校的導師們，來一個集體合照。在他們的悉心指導下，
每年為九巴培養出大量的新秀車長。

　　要成為一位專業的巴士車長（一人控制前稱司機），可以循兩種不同的途徑，其一是向運輸署參加公共巴士的駕駛考試，其二是參加專利巴士公司的車長培訓課程，再參加運輸署的考試，及格之後，便可正式駕駛專利公共巴士了。

　　專利巴士公司的司機培訓班，為期由 3 星期至 6 星期不等，入職資格通常最少需要有一年的駕駛經驗。課程大多以路面駕駛為主，以協助學員熟習長度逾 30 呎的雙層巴士的操控、駕駛技巧和掌握巴士的性能。此外，認識公司架構、福利制度、意外壞車處理、撰寫報告程序及研究交通黑點等等，也是學習的內容。

　　學員在運輸署的路試中取得及格之後，尚要接受為期一至兩週的路線實習，以了解不同巴士路線的特性，還要熟習不同巴士型號的操控，然後才可以真正駕駛巴士，為市民大眾服務。

▲ 六十年代九巴職員證。

▲ 在八十年代專利巴士公司的訓練巴士，仍然都是退役
的雙層巴士。換句話說，學習駕駛巴士的第一天，便
能真正駕駛雙層巴士，當然，車上是有導師即時指
導，而導師的座位前面，亦設有緊急煞車腳踏，以策
安全。

▲ 投考專利巴士公司車長職位，第一個工作安排，
便是學習駕駛巴士，目的是取得駕駛巴士的執
照。圖為新人職的準車長正在課堂內接受指導。
訓練課程包括認識不同的巴士站站牌內容，如
圖右的「所有巴士必須在此站停車」的站牌。

▲ 導師在巴士設有的特別座位上，直接指導學員。
車上設有多隻望後鏡，其中的半數是方便導師
了解行車狀態及道路環境的。

▲ 七十年代準車長學習駕駛的巴士，全部是巴士公司的車隊的款式，所以無論在操控及駕駛方面，都能幫助學員習慣日後真正投入服務時的需要。

▲ 九巴最新加入訓練學校的車輛，包括有這輛12米「丹尼士」巨龍型，原車隊編號是3N33。

▲ 新秀車長取得合法的駕駛專利巴士的資格後，仍需再接受不同的車輛實習及路線實習，為日後的服務工作作最後的準備。圖為八十年代初期，準車長利用退役的「丹拿」珍寶巴士作路線實習。

▲ 在進行路線實習時，車長在導師指導下，行走不同的巴士路線，由於車上已不須再掛着「學」牌，所以常常容易為候車乘客帶來美麗的誤會。

▲ 城巴自從成為一家專利巴士公司後,也開始自行訓練專利巴士車長了。這些城巴的訓練巴士,可以在海洋公園、黃竹坑、香港仔及鴨脷洲一帶找到。

▲ 在經營專利巴士的日子裡,中巴的駕駛訓練巴士,是別樹一幟的半駕駛艙式舊巴士,單從外貌看,這兩部「佳牌」亞拉伯5型巴士,已很有吸引力了。

▲ 作為一家專利巴士公司,新世界第一巴士服務有限公司未有忽略它的另一個義務,就是培訓專利巴士司機,以考取第17類車輛駕駛執照——專利公共巴士。這是以全車橙色出現的新巴訓練巴士——以「丹尼士」禿鷹型12米三軸巴士改裝而成,車隊編號T101。

▲ 圖為正在接受培訓的中巴司機。在學習駕駛的日子裡,學員整日與巴士為伍,工作任務除了駕駛之外,還包括每天清早替巴士清洗乾淨。

◀ 已經披上了新創建交通服務色彩的原新巴訓練巴士 T106（BV2048），可能是紀錄上最後一部由非空調退役巴士改裝而成的訓練巴士。T106 的前身，是中華巴士的「都城嘉慕」型，1978 年製造，車隊編號 MC5，於 1998 年 8 月被新世界第一巴士購入。

▲ 從專利車隊退下來的城巴「利蘭」奧林比安 10.4 米空調巴士，以車齡 19 年的車齡，在 2012 年 8 月活躍於訓練巴士行列，保留有原身色彩之餘，只是增加了招聘車長的條幅廣告，和以「訓練巴士」字樣覆蓋了路線牌箱。T14（FS7274）的原車隊編號是 226。

▲ 新巴訓練巴士 T12（FH5136）以一身非常原裝的外貌，成為訓練巴士的一員。這輛 11 米的「利蘭」奧林比安空調巴士，原車隊編號是 LA21，在 1992 年加入中華巴士，2010 年從新巴車隊退役。

▲ T6（GC7987）訓練巴士是在 1994 年加入城巴的第 1 輛「富豪」奧林比安 10.4 米空調巴士，退役之後加入了訓練巴士行列，同樣保留着這個紀錄。車上掛有「學」牌，反映出正在進行車長訓練，駕車者仍未取得專利巴士的駕駛執照。

▲ 從這個角度，看見巴士裝置有額外的望後鏡，是提供給隨車的駕駛導師，隨時留意路面情況，提醒開車的學員留意。

▲ 把巴士駛進巴士總站月台，同樣是訓練駕駛巴士的課程內容之一。

◀ 九巴駕駛訓練學校的車輛，除了供參加駕駛考試的學員學習駕駛之外，亦提供予已經考取車牌的車長，進行其他訓練，如路線操作等。這部「利蘭」奧林比安 11 米空調巴士（ET4946），原車隊編號是 AL34，在 1989 年加入九巴車隊。

◀ 9.9 米長的「短龍」──「丹尼士」Dragon（ADS79, GT4502），正在借調予九巴駕駛訓練學校，供學員作車型訓練之用。車廂保留着全數的座椅，反映出這不是退役後保留下來的訓練巴士。

巴士維修與保養追蹤

▲ 1970 年 10 月 25 日在港島北角英皇道上的一宗交通意外，一輛中
巴的「佳牌」亞拉伯 5 型雙層巴士跟一輛「丹尼士」消防車碰撞，
消防車的雲梯跌在路上。

　　要維持一支有效率的巴士車隊，必須有賴一支同樣高效率的維修隊伍，才能達致既定的
目標。

　　每一家專利巴士公司，都有自己的一套維修計劃，小至在路面上的急修，大至每隔 3 星
期留廠一次的小修，每年一次的政府驗車，與及逢第六年及第十年的大驗，都要求一絲不苟，
以確保巴士在運載乘客時，機械運作良好，安全地行駛。

　　由於香港的地皮價格高昂，巴士公司在覓地建廠時，常面對地皮短缺及地價過高等難題。
最近，九巴開始把大驗的工序移師內地進行，待修的巴士被駛往深圳，維修及驗車完成之後，
再駛返香港。

▲ 1970 年 7 月在九龍彌敦道上，一輛九巴的 AEC Regent 5 型雙層巴士，把路旁的大樹撞至折斷，巴士車頂嚴重凹陷。這是彌敦道上，偶有發生的交通意外，最後導致馬路兩旁的樹木先後被除去。

▲ 一輛中華巴士的「佳牌」亞拉伯 5 型雙層巴士，車尾被撞，車身受損，需要返回車廠修理。

▶ 巴士維修工作大致可以分作被動式及主動式，前者主要來自路面上受損毀的巴士。圖中是一輛涉及交通意外的中華巴士，車型是英國「佳牌」亞拉伯 4 型，前後車軸距離只有 14 呎 6 吋，設有一隻中門，車身裙腳受損。

▲ 巴士機件出現故障，巴士公司的工程人員可以在路旁內作簡單的檢查和維修。若需要更換大零件，與及車子不適宜繼續行走的話，巴士便需要返回車廠作進一步的處理了。

▲ 在車廠裡面，修車設備齊全，巴士可以被升高作修理，甚至是整台引擎和整台的變速箱，都可以被移出來，作更仔細的維修。

▲ 典型的巴士車廠的維修車間，整輛巴士可被升高。

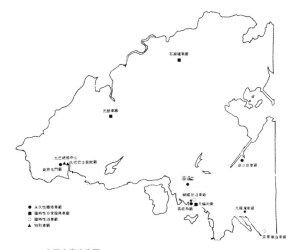

▲ 九巴車廠分佈圖。

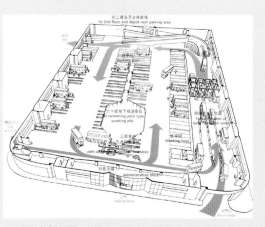

▲ 沙田車廠剖視圖。

▲ 縱使是巴士車頂被撞毀,都可以在車廠內被完全重修過來。

▲ 除去車身外裳,進行車體維修,是專利巴士驗車的指定過程之一,全部維修的過程,都在車廠內進行。運輸署的驗車人員,亦須親往巴士維修廠,進行驗車工作。

▲ 這部 12 米冷氣巴士被升高之後,再把車軸與車身分離,以便替車軸進行徹底的檢修。

▲ 把引擎室的每一個位置,作徹底的清洗,是巴士日常維修不可缺少的步驟。

表20 九巴維修車廠一覽

I. 永久性

■ 屯門總修中心（82）廠及81廠
- 1984年落成
- 維修樓4層，行政樓7層，樓宇總面積為45,000平方米
- 103個維修車坑
- 87個工作車坑
- 共160個泊車位
- 服務車隊屬屯門、元朗、天水圍、錦田

■ 沙田車廠
- 1988年中落成
- 維修車廠3層及行政大樓6層，樓宇總面積為66,800平方米
- 750個泊車位
- 62個維修車坑
- 負責日常保養，臨時修理或週期性的檢驗及維修
- 服務車隊屬沙田、馬鞍山、粉嶺、上水、大埔

■ 九龍灣車廠
- 1990年落成
- 維修車廠3層及行政樓5層，樓宇總面積80,800平方米
- 560個泊車位
- 74個維修車坑
- 負責日常保養、每月月驗及每6個月的小修
- 服務車隊屬九龍東、西貢及將軍澳

■ 新荔枝角車廠
- 2003年落成
- 維修樓3層及行政樓6層，樓宇總面積為44,374平方米
- 65個維修車坑
- 395個泊車位
- 服務車隊屬西九龍、葵青及荃灣

II. 臨時性維修車廠	泊車位
• 將軍澳廠	200
• 火炭廠	70
• 大埔廠	300
• 上水廠	120
• L5路	35
• 月輪廠	65
• 青衣廠	220
• 屯門南廠	360
• 天水圍廠	165
• 元朗車廠	30

▲ 這部九巴的「丹尼士」獵鷹型巴士，剛好有10年的車齡，需要進行大驗，這是主動式維修工作的內容。工程人員正在替已被除去車體外裝的巴士，進行清洗，這是大驗之前的一個指定工序。

▲ 替巴士車身外裝上漆，是維修工作最後的環節，若有廣告客戶要求在車身漆上廣告，車身的外貌將由廣告色彩取代了。

▲ 一切定期維修工作完成之後，工程人員替巴士掛上「試車牌」（T牌），然後把巴士駛出街道，進行路面上的測試。

VII 巴士結構追蹤

◀ 一部來自英國的「富豪」奧林匹克型 12 米三軸巴士底盤，遠涉重洋抵達香港，九巴的工作人員登船把巴士底盤駛出。在船上，巴士底盤被安放妥當，連車頭的冷卻水箱也被木板遮蓋，巴士被駛落地面時，這塊木板仍未被移去。

◀ 不同的巴士公司，選擇不同的裝嵌車身途徑。左面是九巴引進的「富豪」奧林匹克型冷氣巴士底盤，在香港裝嵌車身，而車身則以散件形式從英國運來。右面的城巴新巴士，是「丹尼士」巨龍型，它的車身是在葡萄牙組裝的。底盤和車身散件從英國運往葡萄牙，組裝完成之後，再原車運來香港。若以運輸費用計算，後者的負擔自然較大。

　　雙層巴士的結構日新月異，所有的雙層巴士都是從歐洲進口的。有趣的是，由於巴士公司多選擇在本地組裝車身，所以從巴士底盤運抵香港開始，我們便有機會一步一步地認識雙層巴士的結構。

　　組裝一部巴士是從底盤開始的，在專利巴士公司的廠房內，組裝巴士的所有工序，都可以百分之百地完成，平均需時 10 個星期。在新型的雙層冷氣巴士，組裝的工作要求更為嚴格，而所需的時間亦更長。無論是在本地裝嵌車身，抑或是在英國、葡萄牙完成車身之後，才付運香港，兩地的車身裝嵌技術，相差不大。而兩者最顯著的分別，是付運一部底盤的運輸費用，比諸一部成型的雙層巴士，便宜多了。

油缸

引擎橫置於車尾

儀錶板

第三車軸是驅動軸
第二車軸附有轉向功能
風缸，儲風供掣動系統之用。

引擎冷卻水箱

水喉喉管，把冷卻液循環
往來引擎與水箱之間。

▲ 11 米「利蘭」奧林匹克巴士底盤結構示意圖。

引擎以縱向式放置於車尾

第二車軸是驅動軸

油缸

儀錶板

▲ 12 米「丹尼士」三叉戟低地台巴士底盤結構示意圖。

▲ 九巴的工程人員把新巴士底盤從碼頭開走，他安坐於
一張簡單座椅上，繫上安全帶，戴上頭盔，彷彿是電
單車的駕駛人一樣。

▲ 巴士底盤上面唯一保留着原狀的，是車尾的引擎室，
日後便成為車體的一部分了。

▲ 停放在九巴車廠內，等候組裝車身的英國「都城嘉慕」都城型11米三軸巴士的底盤。駕駛室的儀錶板被包裹起來，防止雨水沾濕裡面的電器組件。

▲ 這是短陣的「丹尼士」巨龍型冷氣巴士的底盤，引擎被安放在車尾。

▲ 最新的「富豪」奧林匹克型11米冷氣巴士的底盤，每部的售價動輒以百萬元計算。

▲ 若把巴士的下層地台移走，可以看見底盤上面的喉管。

▲ 在車身裝嵌廠的另一端，工人預先把鋁質車身從一件件的散件裝嵌起來。

▲ 一邊的車身裝嵌妥當之後，工人把車身從廠房的一端移至另一端，遂出現這個「舞龍咁舞」的「車身遊街」的有趣鏡頭來。

▲ 裝上了車頂的組件，再加上以玻璃纖維製成的頭幅，「丹尼士」巨龍型冷氣巴士的樣子，開始有點若隱若現了。

▲ 在車身裝嵌線上面的兩部「丹尼士」巨龍型冷氣巴士，組裝的進度互有不同。

▲ 在車尾的一個中間位置內，是放置冷氣系統的地方。

▲ 兩部來自德國的「平治」O405 單層巴士的底盤，於 1994 年年底來港，這款後置引擎巴士，車廠方面特別提供原廠的車身頭幅和尾幅，所以新車尚未在香港裝上新的車身時，是這個樣子的。這兩部「平治」巴士，現時在大嶼山愉景灣行走。

▲ 瑞典「紳佳」的 N113 型雙層冷氣巴士底盤，它和其他英國廠家的設計不同的地方，是它的橫置引擎所連接的變速箱，是放在圖片中的右方車尾位置，從變速箱引出的轉動軸，再帶動「尾牙」，驅動第三車軸的車輪。圖片中底盤左面的銅喉管，是輸送引擎冷卻液的。

▲「紳佳」雙層冷氣巴士尚有另一個不同的設計，它的冷卻水箱不設在車頭，而是被安放於圖片左方的第二車軸之前，冷卻液透過銅喉管往返於車尾引擎與水箱之間。

▲ 這是組裝中的「利蘭」勝利 2 型雙層巴士，車身同樣是在香港的車廠內組裝的。

▲ 在車身裝嵌線上面的「丹尼士」巨龍型冷氣雙層巴士，鋁質的構件已經把車型結構帶出來了。

▲ 裝上了車身結構之後，整部雙層巴士的模樣開始出現在眼前了。

▲ 最新的雙層巴士的空調系統，已採用整體式設計，是把壓縮器、空氣蒸發器及吹風扇組合在一整部結構上，裝置及維修都非常方便。

▲ 組裝完成之後，已被鬆上所需色調的九巴「丹尼士」巨龍型冷氣巴士，快將可以行走服務了。

▲ 每款新巴士在裝嵌完成之後，在註冊登記之前，必須通過運輸署的傾斜測試，在測試的時候，上層放置有重物，以模擬雙層巴士上層滿載乘客的情況。

▲ 這是車速錶，已經附有時鐘及行車紀錄儀的設備。

▲ 開車入波，只需按掣便可。

▲ 車燈的控制按鈕。

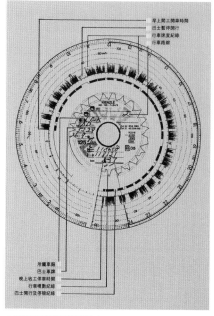

早上開工開車時間
巴士暫停開行
行車速度紀錄
行車路線

所屬車廠
巴士車牌
晚上收工停車時間
行車轉數紀錄
巴士開行及等候紀錄

▲ 電子車速紀錄儀的紀錄咭。

▲ 六十年代的 AEC 的 Regent 5 型巴士的駕駛艙，儀錶板非常簡單，半自動波箱的控制桿位於左手邊，右下方是手掣。左邊兩個盒子，是兩隻電動車門的開關掣。

▲ 「三菱」MK 型中型冷氣巴士的儀錶板，簡單得來令人一目了然。左手邊的小桿，是自動變速箱的控制桿。最右手邊的，則是日本本廠常見的佈置，把電器的按掣都集中在一起。

警告燈號　制動風錶　引擎轉數錶　速度錶　自動變速箱按制　水撥制　響號按制　車門開關制

引擎「死火」制

大細燈制

壞車燈制

轉向燈制

制動腳踏

加速腳踏

▲「紳佳」N113型空調巴士，儀錶及燈號眾多，而且排列非常緊湊。

▲ 八十年代「丹尼士」巨龍型巴士的駕駛座，佈置比較簡單。

▲「利蘭」奧林匹克型巴士的駕駛座，儀錶齊全，排列美觀，頂端是一系列的警告性燈號，提醒車長如車門打開、風壓不足，或是太平門被打開等等的訊息。右手邊則是一列的控制部件，從上而下，依次是自動波波檔選擇、手制及車門開關等。

巴士載客量追蹤

◀ 中巴在四十年代購入的「白水箱」
（Tilling Stevens）K5 LA7 長軸距巴
士，內有容納 36 人的座位，在投入
服務之初，車廂設有兩個等級。

◀ 1954 年中巴「佳牌」亞拉伯 4 型，
可容座位 30 人及企位 18 人。

▲ 二十年代九巴「福特」T 型巴士，車位數目僅得 8 個。

▲ 1928 年香港大酒店旗下 Vulcan 公爵型巴士，車
上設有 20 個座位。

　　每一款的專利巴士，都經過運輸署仔細的測試及認可之後，才被賦予一個法定的載客人
數。這個數字，都是以車子的可負荷重量為依歸，作為一個安全的重要指標。

　　不同的車款，其載客量固然有所不同；但同一個車款，也會因為車身設計的差異、座位
佈局的改變，又或者是行走路線不同的需要，而有所參差。如同屬「利蘭」奧林匹克型號的
冷氣雙層巴士，落在中巴、九巴、城巴及九廣鐵路公司車隊時，載客量互有不同。這些載客
數字，在一般乘客的心目中，往往顯得不重要。雖然巴士超載會帶來潛在危險，也是法例所
不容，但礙於人多車少，執法人員也鮮有向巴士公司提出檢控的行動。

　　在巴士迷的心目中，不同車款、不同的載客量，卻又可以帶出更多更多的趣味來。

表 21 前中巴車隊數目及載客量統計 (1933-1997)[1]

年份	車隊數目	載客量（以百萬計）	年份	車隊數目	載客量（以百萬計）
1933	59	不詳	1974	595	181
1945	56	不詳	1975	579	216
1947	30	不詳	1976	702	230
1948	108	20	1977	751	240
1949	128	36	1978	820	255
1950	144	44	1979	848	274
1951	不詳	46	1980	985	276
1952	170	49	1981	1,028	287
1953	172	50	1982	1,058	312
1954	188	48[2]	1983	1,089	348
1955	193	65[3]	1984	1,079	363
1956	200	67	1985	1,055	344
1957	221	71	1986	1,020	318
1958	239	79	1987	1,011	318
1959	249	87	1988	1,007	318
1960	300	100	1989	1,005	299
1961	307	120	1990	1,022	281
1962	325	134	1991	1,015	267
1963	360	143	1992	1,011	262
1964	394	159	1993	1,014	236
1965	495	169	1994	951	197
1966	498	187	1995	881	191
1967	502	169[4]	1996	855	179
1968	483	202	1997	823	176
1969	487	不詳			
1970	499	186			
1971	483	175			
1972	493	不詳			
1973	565	150[5]			

（1）中巴在 1998 年停止營運
（2）月票乘客不計算在內
（3）包括月票乘客保守估計數
（4）由於 1967 年暴動的影響，巴士未能如常運作至年尾，中巴僅維持七成的正常服務，導致載客量驟降。
（5）1973 年發生全球性複漆衝擊及能源危機，列估該年載車載客量下增反減。
資料來源：有關年份的《香港年報》。

▲ 六十至七十年代，九巴改用了一人控制的「丹拿」CVG5 型巴士，載容量是上層 41 人，下層 28 人及企位 17 人。

▲ 七十年代的九巴「亞比安」Viking EVK41 XL 巴士，安裝了無人售票的錢箱之後，載客量是座位 45 人和企位 20 人。

▲ 七十年代後期陸續投入服務的九巴「丹尼士」Jubilant 巴士，載客量是上層 60 人，下層座位 42 人及 12 人企位。

▲ 綽號「大白鯊」的「都城嘉慕」都城型 11 米巴士，曾以 146 名的法定載客容量，成為全港載客量最高的兩車軸雙層巴士。其後運輸署修改了條例，但其最高載客量仍有 129 名。

▲ 中巴年代的「丹尼士」禿鷹型 12 米三軸樣板車，是目前香港最高載客量巴士紀錄的保持者，全車可載客 171 人，包括上層 75 人、下層座位 33 人及企位 63 人。

▲ 中巴年代的「丹尼士」統治者型巴士 DD1，在載客容量之中，不設企位限額，是當年中巴車隊之中唯一不可以有企位的雙層巴士。

▲ 前中巴的第一部「丹尼士」飛鏢型巴士 DC1，在被更改為機場路線服務之前，其載客量是 59 人，後來減至 53 人。

表 22	九巴車隊數目及載客量統計（1933-2011）	
年份	車隊數目	載客量（以百萬計）
1933	106	不詳
1938	133	不詳
1945	17 [1]	不詳
1947	68+75 貨車改裝巴士	不詳
1948	152	57
1949	191	90
1950	250	123
1951	280	145
1952	355	149
1953	348 [2]	169
1954	370	173
1955	370	200
1956	450	240
1957	526	277
1958	526 [3]	289
1959	512	295
1960	571	376
1961	721	437
1962	777	483
1963	866	514
1964	946	547
1965	1,004	593
1966	1,055	643
1967	1,051	516 [4]
1968	1,050	612
1969	970	不詳
1970	1,018	568
1971	1,122	548
1972	1,271	502
1973	1,324	490 [5]
1974	1,371	565
1975	1,560	621
1976	1,700	754
1977	1,708	810
1978	1,804	860
1979	1,867	934

1980	2,089	912
1981	2,390	933
1982	2,378	940
1983	2,392	982
1984	2,441	1,069
1985	2,533	1,079
1986	2,731	1,108
1987	2,841	1,088
1988	2,782	1,082
1989	2,862	974
1990	2,912	966
1991	3,038	968
1992	3,109	970
1993	3,197	966
1994	3,367	977
1995	3,506	993
1996	3,594	1,032
1997	3,839	1,051
1998	3,991	1,034
1999	4,064	1,060
2000	4,238	1,089
2001	4,371	1,111
2002	4,430	1,130
2003	4,284	1,060
2004	4,141	1,060
2005	4,021	1,010
2006	4,013	1,010
2007	4,027	1,010
2008	3,925	990
2009	3,879	965
2010	3,819	947
2011	3,890	936

（1）17 部巴士中，只有 6 部仍能行走。
（2）1952 年訂的 20 部雙層巴士未運抵。
（3）被淘汰的舊巴士與新巴士數目相同。
（4）由於 1967 年暴動的影響，巴士服務未能如常運作。至年尾，九巴僅維持 75% 的正常服務，導致載客量驟降。
（5）1973 年發生全球性經濟衰退及能源危機，使巴士載客量不升反降。
資料來源：有關年份的《香港年報》。

▲ 九巴的 3N3，是 1982 年「丹尼士」向九巴供應的 3 部 12 米三車軸巨龍型巴士之一，它同時是九巴車隊之中，最多座位的巴士車型，上層可容座位乘客 73 人，下層座位乘客 52 人。

▲ 九巴空調巴士採用統一的車身色彩，圖右是「丹尼士」飛標 SLF 型巴士，載客量是座位 29 人，另企位 32 人和 1 個輪椅位。圖左是「富豪」奧林匹克，原載客量是上層 68 人，下層 40 人，另企位 33 人。九巴在 1998 年把部分巴士下層座位減少，增加企位，成為下層座位 32 人，企位 39 人。

▲ 龍運巴士的「丹尼士」三叉戟型巴士，行走新機場 E 線系列的車輛，載客量是上層 59 人，下層 28 人及企位 41 人。

▲ 城巴的單門板本 12 米「利蘭」奧林匹克型冷氣巴士，由於下層設置有行李架，所以全車載客量只有 82 人。

▲ 六十至七十年代舊式的巴士，上層的座位安排都是 2+2 的形式，這款九巴的 AEC 的 Regent 5 型，上層座椅清一色以玻璃纖維製造，可容 50 位乘客。

▲ 八十年代九巴的 12 米「丹尼士」巨龍型三軸樣板車，下層座位也採用 3+2 的形式，可容座位乘客量達 52 人，成為三軸型號之中，下層座位最多的一款。

▲「利蘭」的 12 米三車軸奧林匹克巴士，下層以企位為主，單是企位乘客的容量，已有 53 人。

▲ 上層車廂的常見規格，是 3+2 的座位編排。這個現象，直到最近新型的雙層冷氣巴士的出現，才有突破性改變。

表 23	城巴車隊數目及載客量統計（1991-2011）	
年份	車隊數目	載客量（以百萬計）
1991	9	0.2 [1]
1992	9	1
1993	200	22 [2]
1994	144	68
1995	360	88 [3]
1996	407	120
1997	590	148
1998	955	183
1999	959	203
2000	960	213
2001	957	216
2002	956	220
2003	940	201
2004	911	211
2005	910	206
2006	909	208
2007	919	210
2008	918	209
2009	931	208
2010	938	211
2011	938	220

（1）城巴在 1991 年 9 月營辦 1 條專利巴士線。
（2）城巴在 1993 年 9 月 1 日起，營辦另外 26 條專利巴士線。
（3）城巴在 1995 年從中巴接辦另外 14 條專利巴士線。

▲ 城巴購入兩軸 Enviro400 型新巴士往港島南區，全車總載客量是 90 人。

表 24	新巴車隊數目及載客量統計 (1998-2011) [1]	
年份	車隊數目	載客量（以百萬計）
1998	841	5
1999	730	160
2000	730	187
2001	757	195
2002	769	196
2003	730	181
2004	695	185
2005	694	178
2006	694	183
2007	694	184
2008	692	175
2009	705	172
2010	704	172
2011	703	175

（1）新世界第一巴士在1998年8月1日開始營運。

▲ 九十年代「紳佳」雙層冷氣巴士的車廂佈置，高背式座椅是 2+2 式的編排。

▲ 自 1997 年之後，低地台巴士已成為各巴士公司新購巴士的標準，低地台巴士車廂佈置的最大特點，是設有輪椅擺放位置，讓傷殘人士有機會乘搭公共巴士，享受正常人士的起居生活。

▲ 新巴購入的 Enviro500 型新巴士，滿載時，可容納 129 名乘客。

▲ 常見的 11 米三車軸巴士的下層車廂，座位是 2+2 形式，以騰出空間來容納十來個企位乘客。

ZX 0046

▲ 戰前中巴車票。請注意當時的頭等收費為 1 毫。（42×92mm）

RV 2787

▲ 戰後不久的中巴車票。由於當時車輛嚴重不足，故收費較戰前高出一至二倍，而車票的用紙也比較粗糙。（35×60mm）

表 25	港島各線巴士收費表（1976 年 3 月 1 日實行）		
路線	起訖點	成人單程票價	小童單程票價
1	急庇利街→回教墳場	5 毫	3 毫
	黃泥涌道→急庇利街	5 毫	3 毫
2	筲箕灣→急庇利街	3 毫	2 毫
3	急庇利街←→瑪麗醫院	5 毫	3 毫
3A	中環總站←→摩星嶺	5 毫	3 毫
4	中環總站←→華富邨	6 毫	3 毫
5	大坑←→堅尼地城	3 毫	2 毫
5A	黃泥涌道→堅尼地城	3 毫	2 毫
	堅尼地城→回教墳場	3 毫	2 毫
5B	銅鑼灣→堅尼地城	3 毫	2 毫
5C	灣仔碼頭←→堅臣道	3 毫	2 毫
6	中環總站←→赤柱監獄	1 元	5 毫
	分段：中環總站→淺水灣	1 元	5 毫
	淺水灣→赤柱監獄	4 毫	2 毫
	赤柱監獄→淺水灣	1 元	5 毫
	淺水灣→中環總站	6 毫	3 毫
6A	中環總站←→淺水灣	6 毫	3 毫
7	中環總站←→香港仔	6 毫	3 毫
8	灣仔碼頭←→柴灣	5 毫	3 毫
8A	北角←→柴灣（新廈街）	5 毫	3 毫
8B	柴灣（新廈街）←→西灣河碼頭	3 毫	2 毫
9	筲箕灣→石澳	7 毫	4 毫
	大浪灣→石澳	3 毫	2 毫
10	北角←→西營盤	3 毫	2 毫
10A	北角←→砵甸乍街	3 毫	2 毫
11	中環總站→畢喇山道	5 毫	3 毫
	白建時道→中環總站	5 毫	3 毫
12	中環總站→羅便臣道	4 毫	2 毫
	堅道→中環總站	4 毫	2 毫
12A	中環總站→堅尼地道	4 毫	2 毫
	麥當奴道→中環總站	4 毫	2 毫
13	天星碼頭←→旭和道	8 毫	4 毫
14	西灣河碼頭←→赤柱村 / 砲台	1 元	5 毫
	分段：西灣河碼頭←→大潭水塘 / 龜背灣	5 毫	3 毫
	大潭水塘 / 龜背灣←→赤柱村	5 毫	3 毫

	大潭水塘 / 龜背灣 ←→ 赤柱砲台	7毫	4毫
	赤柱村 ←→ 赤柱砲台	3毫	2毫
15	中環總站 ←→ 山頂	1元	5毫
	分段：中環總站 ←→ 灣仔峽	5毫	3毫
	灣仔峽 ←→ 山頂	5毫	3毫
15B	銅鑼灣 ←→ 山頂	1元	5毫
19	北角 ←→ 大坑道	5毫	3毫
20	筲箕灣 ←→ 砵甸乍街	5毫	3毫
20A	鰂魚涌 ←→ 砵甸乍街	4毫	2毫
21	堅尼地城 ←→ 摩星嶺	3毫	2毫
21A	中環總站 ←→ 薄扶林中華基督教墳場	5毫	3毫
22	柴灣 ←→ 歌連臣角	4毫	2毫
22A	筲箕灣 ←→ 歌連臣角墳場	5毫	3毫
23	北角 ←→ 蒲飛路	5毫	3毫
23A	勵德邨 ←→ 羅便臣道	4毫	2毫
	堅道 ←→ 勵德邨	4毫	2毫
23B	北角 ←→ 羅便臣道	5毫	3毫
	堅道 ←→ 北角	5毫	3毫
25	中環總站 ←→ 雲景道	5毫	3毫
	天后廟道 ←→ 中環總站	5毫	3毫
40	中環總站 ←→ 華富邨	6毫	3毫
70	中環總站 ←→ 香港仔	6毫	3毫
71	中環總站 ←→ 黃竹坑新邨	7毫	4毫
72	香港仔 ←→ 銅鑼灣	7毫	4毫
73	華富邨 ←→ 赤柱	1元	5毫
	分段：華富邨 ←→ 香港仔	3毫	2毫
	華富邨 ←→ 淺水灣	7毫	4毫
	香港仔 ←→ 淺水灣	5毫	3毫
	香港仔 ←→ 赤柱村	8毫	4毫
	西營盤 ←→ 赤柱村	4毫	2毫
74	華富邨 ←→ 淺水灣	7毫	4毫
	分段：華富邨 ←→ 香港仔	3毫	2毫
	香港仔 ←→ 淺水灣	5毫	3毫
77	香港仔 ←→ 石塘咀	6毫	3毫
78	黃竹坑新邨 ←→ 田灣	3毫	2毫
80	柴灣（新廈街）←→ 中環（機利文街）	8毫	4毫

(1) 1976年是特別的一年，因為戰後保持了差不多30年的票價從這年開始大幅調整。

資料來源：《香港年鑑》第二十九回，《華僑日報》1976年版。

▲ 五十年代中巴車票。
1948年開始，車資便相
應回落，直至1976年，
票價一直保持穩定。平
均市區車程1英里收費
1毫，1英里以上收費2
毫。港島南區屬市郊，
路程較遠，故收費較高。
（35×58mm）

▲ 六十年代中巴車票。
（34×72mm）

XV 7742

中華汽車有限公司
CHINA MOTOR BUS CO., LTD.

60 CTS. 毫六

Y. V. F. PIER	ABERDEEN
頭碼一級	仔港香
H. K. UNIVERSITY	SHAUKIWAN
堂學大	灣箕筲
REPULSE BAY	TUNG SHAN TERRACE
灣水淺	台山東
STANLEY	DEEP WATER BAY
柱赤	灣水深
S. H E K O.	Q. M. HOSPITAL
澳石	院醫麗瑪
WANCHAI FERRY	WONGCHUKHANG ESTATE
頭碼仔灣	邨新坑竹黃

久有効驗請撕斷 用車此作次転能只
THIS TICKET IS NOT TRANSFERABLE

XV 7742

▲ 七十年代中巴車票。由
1972 年 7 月 1 日起，維持
了 20 多年的穩定票價開始
稍作調整。調整幅度較大
者則是從 1976 年開始，達
50%。（35×80mm）

\$6.00　No. 5421
CHINA MOTOR BUS CO., LTD.
School-children's Monthly Ticket for
JULY. 1955.
Mr. Chan Ma Kay
This ticket:
(a) is NOT TRANSFERABLE and is available for the month of issue only.
...
HOLDER'S SIGNATURE

▲ 1952 年 9 月中巴首創月
票優待及學童（12 歲以
下）半價，甚受歡迎。圖為
1955 年簽發的學童月票，
票價 6 元。（50×150mm）

表 26　**九龍各線巴士收費表（1976 年 1 月實行）**

路線	起訖點	成人單程票價
1	尖沙咀碼頭 ←→ 樂富	3 毫
1A	尖沙咀碼頭 ←→ 中秀茂坪	4 毫
2	尖沙咀碼頭 ←→ 蘇屋	3 毫
2A	蘇屋 ←→ 牛頭角	3 毫
2B	深水埗碼頭（醫局街）←→ 九龍城碼頭	3 毫
2C	尖沙咀碼頭 ←→ 又一邨	3 毫
2D	白田 ←→ 竹園	3 毫
2E	石硤尾（窩仔街）←→ 九龍城碼頭	3 毫
2F	長沙灣 ←→ 慈雲山	3 毫
3	佐敦道碼頭 ←→ 竹園	3 毫
3A	竹園 ←→ 慈雲山（慈雲山道）	3 毫
3B	紅磡碼頭 ←→ 慈雲山	3 毫
3C	佐敦道碼頭 ←→ 慈雲山	3 毫
3D	慈雲山 ←→ 觀塘（裕民坊）	3 毫
4	佐敦道碼頭 ←→ 長沙灣（長沙灣道）	3 毫
4A	佐敦道碼頭 ←→ 大坑東（大坑東道）	3 毫
5	尖沙咀碼頭 ←→ 彩虹	3 毫
5A	尖沙咀碼頭 ←→ 九龍城（盛德街）	3 毫
5B	紅磡火車站 ←→ 觀塘碼頭（海濱道）	3 毫
5C	尖沙咀碼頭 ←→ 慈雲山（南）	3 毫
6	尖沙咀碼頭 ←→ 荔枝角（橋底）	3 毫
6A	尖沙咀碼頭 ←→ 荔枝角（荔園）	3 毫
6B	荔枝角（橋底）←→ 竹園	3 毫
6C	荔枝角（橋底）←→ 九龍城碼頭	3 毫
6D	長沙灣 ←→ 牛頭角	3 毫
7	尖沙咀碼頭 ←→ 九龍塘（歌和老街）	3 毫
7A	尖沙咀碼頭 ←→ 橫頭磡	3 毫
7B	紅磡碼頭 ←→ 橫頭磡	3 毫
8	紅磡火車站 ←→ 愛民	2 毫
9	尖沙咀碼頭 ←→ 彩虹	3 毫
10	大角咀碼頭 ←→ 坪石	3 毫
11	佐敦道碼頭 ←→ 竹園	3 毫
11B	九龍城碼頭 ←→ 觀塘（翠屏道）	3 毫
11C	橫頭磡 ←→ 觀塘（翠屏道）	3 毫
11D	樂富 ←→ 觀塘碼頭	3 毫
12	佐敦道碼頭 ←→ 荔枝角	3 毫
12A	深水埗碼頭（醫局街）←→ 紅磡火車站	3 毫

12B	橫頭磡←→荔枝角（大橋）	3 毫
13	佐敦道碼頭←→彩虹	3 毫
13A	九龍城碼頭←→上秀茂坪	3 毫
13B	觀塘碼頭（海濱道）←→中秀茂坪	3 毫
13C	觀塘碼頭（海濱道）←→上秀茂坪	2 毫
13D	大角咀碼頭←→中秀茂坪	4 毫
14	佐敦道碼頭←→油塘	4 毫
14A	觀塘（裕民坊）←→油塘（高超道）	2 毫
14B	牛頭角←→油塘	3 毫
14C	觀塘（裕民坊）←→鯉魚門	2 毫
15	紅磡碼頭←→藍田	3 毫
15A	慈雲山←→藍田	3 毫
15B	觀塘碼頭←→藍田	2 毫
15C	藍田←→觀塘（裕民坊）	2 毫
16	大角咀碼頭←→藍田（北）	4 毫
17	愛民←→觀塘（裕民坊）	3 毫
18	大角咀碼頭←→愛民／何文田	3 毫
19	樂意山←→觀塘碼頭	2 毫
20	愛民←→佐敦道碼頭	3 毫
25	尖沙咀碼頭←→啟德機場	3 毫

資料來源：《香港年鑑》第二十九回，《華僑日報》1976 年版。

▲ 六十年代中巴的學童半價乘車證正面。
（142×98mm）

▲ 1963 年簽發的中巴月票正背面，票價
18 元。（90×62mm）

▲ 戰前九巴車票。當時
的普通票價一般為 5
仙。（34×69mm）

▲ 戰後不久九巴車票。
（37×55mm）

▲ 戰前不久的九巴車票。

表 27　新界各線巴士收費表（1976 年 1 月實行）

路線	起訖點	成人單程票價
30	佐敦道碼頭←→荃灣碼頭	4 毫
31	石梨←→荃灣碼頭	2 毫
31A	石梨←→荃灣西約	3 毫
31B	深水埗碼頭←→石梨	3 毫
32	荃灣碼頭←→城門水塘	2 毫
32A	荃灣碼頭←→老圍	2 毫
33	深水埗碼頭（醫局街）←→荃灣碼頭	3 毫
33A	深水埗碼頭←→葵涌（大窩口）	3 毫
33B	深水埗碼頭←→葵興	3 毫
33C	深水埗碼頭←→葵芳	3 毫
34	葵盛←→荃灣西約	3 毫
34A	葵盛←→荃灣碼頭	2 毫
35	荃灣碼頭←→石蔭	2 毫
35A	深水埗碼頭（醫局街）←→石蔭	3 毫
36	荃灣碼頭←→梨木樹	2 毫
36A	深水埗碼頭←→梨木樹	3 毫
36B	佐敦道碼頭←→梨木樹	4 毫
37	葵盛←→大角咀碼頭	3 毫
38	葵盛（東）←→觀塘（裕民坊）	5 毫
40	觀塘碼頭←→荃灣碼頭	5 毫
44	荔枝角（橋底）←→青衣	3 毫
45	荔景（北）←→九龍城碼頭	4 毫
50	佐敦道碼頭←→元朗	1 元 5 毫
51	大角咀碼頭←→元朗	1 元 2 毫
	荃灣中約→大角咀碼頭	4 毫
52	荃灣碼頭←→屯門新市	7 毫
53	元朗（東）←→青山灣	5 毫
54	元朗←→上村	4 毫
55	元朗←→流浮山	3 毫
56	元朗←→大棠	2 毫
	（行李及貨物收費 5 毫）	
57	元朗←→白泥	5 毫
58	流浮山←→沙橋（尖鼻咀）	5 毫
	（行李及貨物收費 5 毫）	

59	屯門新市←→白角	3毫
	（行李及貨物收費5毫）	
70	佐敦道碼頭←→上水	1元2毫
71	佐敦道碼頭←→沙田	5毫
	（逢週日及公眾假期一律收費8毫）	
72	大角咀碼頭←→大埔墟	8毫
73	大埔墟←→上水	4毫
74	大埔墟←→元朗	7毫
75	大埔墟←→大尾篤	4毫
	大埔墟←→新娘潭	7毫
	（逢週日及公眾假期始行走）	
76	上水←→元朗（不經粉嶺路）	6毫
77	上水←→元朗（經粉嶺路）	6毫
78	上水←→沙頭角	5毫
79	上水←→打鼓嶺	4毫
80	沙咀角←→鹿頸	2毫
	（行李與貨物收費5毫）	
81	聯和墟←→鹿頸	4毫
	（行李與貨物收費5毫）	
82	聯和墟←→文錦渡（新屋嶺）	3毫
88	顯田←→小瀝源	2毫
89	瀝源邨←→觀塘（裕民坊）	5毫
90	彩虹←→調景嶺	4毫
91	彩虹←→大澳門	5毫
	（逢週日及公眾假期 律收費8毫）	
92	彩虹←→西貢	5毫
	（逢週日及公眾假期一律收費8毫）	
93	西貢←→大網仔	2毫
	（行李與貨物收費5毫）	

資料來源：《香港年鑑》第二十九回，《華僑日報》1976年版。

▲ 左圖：五十年代九巴車票。請注意此為二
等車票，收費1毫。當時九巴為了照顧坐
短途車的新界乘客，特別調低車資。此外，
又於1959年改裝小型巴士為客貨兩車，
以方便新界乘客的需要。（39×76mm）

▲ 右圖：六十年代九巴車票。當時九巴主要
收取兩種費用，1英里1毫，1英里以上
收2毫。市郊及新界地區因路程較遠，收
費較高。同時另有學童半價及月票優待。
（34×75mm）

◀ 七十年代九巴車票。直至
七十年代末，九巴的基本票
價在2毫至1元5毫不等。
（35×48mm）

表 28 | **過海各線巴士票價表（1976 年）**

路線	起訖點	成人單程票價[1]	學童單程單價[2]
101	觀塘（裕民坊）⟷堅尼地城	1 元	5 毫
102	荔枝角⟷筲箕灣	1 元	5 毫
103	橫頭磡⟷蒲飛路	1 元	5 毫
104	白田⟷石塘咀	1 元	5 毫
105	荔枝角（橋底）⟷石塘咀	1 元	5 毫
106	竹園⟷柴灣（東）	1 元	5 毫
111	坪石⟷急庇利街	1 元	5 毫
112	蘇屋⟷北角	1 元	5 毫
170	沙田⟷香港仔	2 元	1 元

（1）過海後，收費 5 毫，並無半費優待，乘車證及代用券等不適用。
（2）學童半價，另有學童月票。
資料來源：《香港年鑑》第二十九回，《華僑日報》1976 年版。

表 29 | **九龍豪華巴士收費表（1976 年）**

路線	起訖點	成人單程票價	小童單程票價
201	尖沙咀碼頭⟷啟德機場	1 元	1 元
202	尖沙咀碼頭⟷又一邨	1 元	1 元
204	荔枝角（橋底）⟷觀塘（裕民坊）	1 元	1 元
205	佐敦道碼頭⟷彩虹	1 元	1 元
206	荔枝角（橋底）⟷尖沙咀碼頭	1 元	1 元
207	尖沙咀碼頭⟷筆架山道	1 元	1 元
208	尖沙咀碼頭⟷廣播道	1 元	1 元
211	尖沙咀碼頭⟷觀塘（裕民坊）	1 元	1 元
212	荔枝角（橋底）⟷紅磡火車站	1 元	1 元
216	美孚⟷尖沙咀碼頭	1 元	1 元
250	尖沙咀碼頭⟷元朗（東）	2 元	2 元
291	九龍城碼頭⟷大澳門	2 元	2 元
293	九龍城碼頭⟷大網仔	2 元	2 元

資料來源：《香港年鑑》第二十九回，《華僑日報》1976 年版。

▲ 一位九巴售票員在「丹尼士」Pax 單層巴士工作，車廂座椅採用金屬支框，襯以木條。

▲ 上四圖：巴士售票員隨身四寶——由巴士公司供應的錢袋、車票、剪票機（即「飛鉗」），與及自己炮製出來的輔幣盤。這個輔幣盤用來安放不同大小的輔幣，安全穩妥，即使巴士轉彎抹角，輔幣也不會散跌在地上。此外，售票員也會利用這個木盤，來預先計算出需要找贖的輔幣數量，分毫不差。

鳴 謝

（按筆劃序）

Mr. Frederick W. York
Mr. Lyndon Rees（李日新先生）
Mr. Mike Davis
Mr. Victor Davey
李天祐先生
高炳岐先生
高添強先生
張順光先生
陳子峰先生
陳北雄先生
陳楓生先生
傅求勇先生
曾廣華先生
劉鏡成先生
蔡志聰先生
鄭寶鴻先生
黎守謙先生
羅漢聰先生
Dennis (Hong Kong) Ltd.
Volvo Bus Asia Pacific Ltd.
九廣鐵路有限公司
九龍巴士（一九三三）有限公司
中華汽車有限公司
北嶺國際有限公司
香港大學圖書館
香港中文大學圖書館
香港政府新聞處
城巴集團有限公司
新大嶼山巴士（一九七三）有限公司
新世界第一巴士服務有限公司
《大公報》資料室
《明報》資料室